W0267525

Anke Pfennig

SCHMUGGLER, HENKER, SERIENMÖRDER

Anke Pfennig

SCHMUGGLER, HENKER, SERIENMÖRDER

Spektakuläre Verbrechen und ihre Schauplätze in Düsseldorf

mdv

Bibliografische Information der Deutschen Nationalbibliothek
Die Deutsche Nationalbibliothek registriert diese Publikation in der Deutschen Nationalbibliografie; detaillierte bibliografische Daten im Internet unter http://d-nb.de.

www.mitteldeutscherverlag.de

Umschlagabbildung: travelpeter, Fotolia.de
Gesamtherstellung: Mitteldeutscher Verlag, Halle (Saale)

ISBN 978-3-95462-011-1

Printed in the EU

INHALT

VORWORT

Große und kleine Kriminalfälle in der Stadt an der Düssel sind Spiegelbild des Lebens in ihr. Sie geben Aufschluss über Gesellschaft, Kultur und Wirtschaft, vermitteln einen umfassenden Einblick in die Wirklichkeit und belegen die Wertvorstellungen der jeweiligen Epochen.
Zu jeder Zeit wurden die Verbrechen auch in Düsseldorf geahndet. Bluturteile unterlagen bis zum 17. Jahrhundert der landesherrlichen Bestätigung. Die Zahl der Hinrichtungen ist im folgenden Jahrhundert allerdings zurückgegangen. Ihre öffentliche Durchführung stand bis Ende des 18. Jahrhunderts jedoch nicht zur Diskussion. In der Strafpraxis dienten die Gefängnisse der Frühneuzeit in erster Linie der Festsetzung der Verhafteten bis zur Urteilsvollstreckung. Die städtischen Verliese waren im Flinger Tor und im Ratinger Tor untergebracht. Dass der Aufenthalt in den Gefängnissen wegen schlechter Belüftung und Unsauberkeit gesundheitsgefährdend war, stellt keine Besonderheit dar. Diese Gefängnisse der Frühzeit sollten auch eine abschreckende Wirkung haben. Ende des 18. Jahrhundert bemühten sich die Behörden um die Einrichtung von Zivilgefängnissen.
Das vorliegende Buch bietet, angereichert mit touristischen Informationen und Tipps für kriminalistische Stadtrundgänge, einen Überblick über die „verborgenen Seiten" der Metropole Düsseldorf wie auch die ihr innewohnende Geschichte ihrer Kriminalfälle, über die Jahrhunderte hinweg.

Anke Pfennig
Düsseldorf, im Frühling 2013.

ENTLANG DES RHEINUFERS

Das Rheinufer beeindruckt durch die markante Skyline Düsseldorfs, die Kunstakademie, an der unter anderem Joseph Beuys lehrte, den Burgplatz mit dem Schlossturm und den Stadtteil Oberkassel mit seinen Jugendstil-Villen auf der anderen Rheinseite. Zum Rheinufer gehört auch Kaiserswerth, das als Kaiserpfalz eine bedeutende Rolle in der deutschen Geschichte spielte. Außerdem ist es der Geburtsort des Theologen Friedrich Spee, der sich gegen die Hexenverbrennungen stellte.

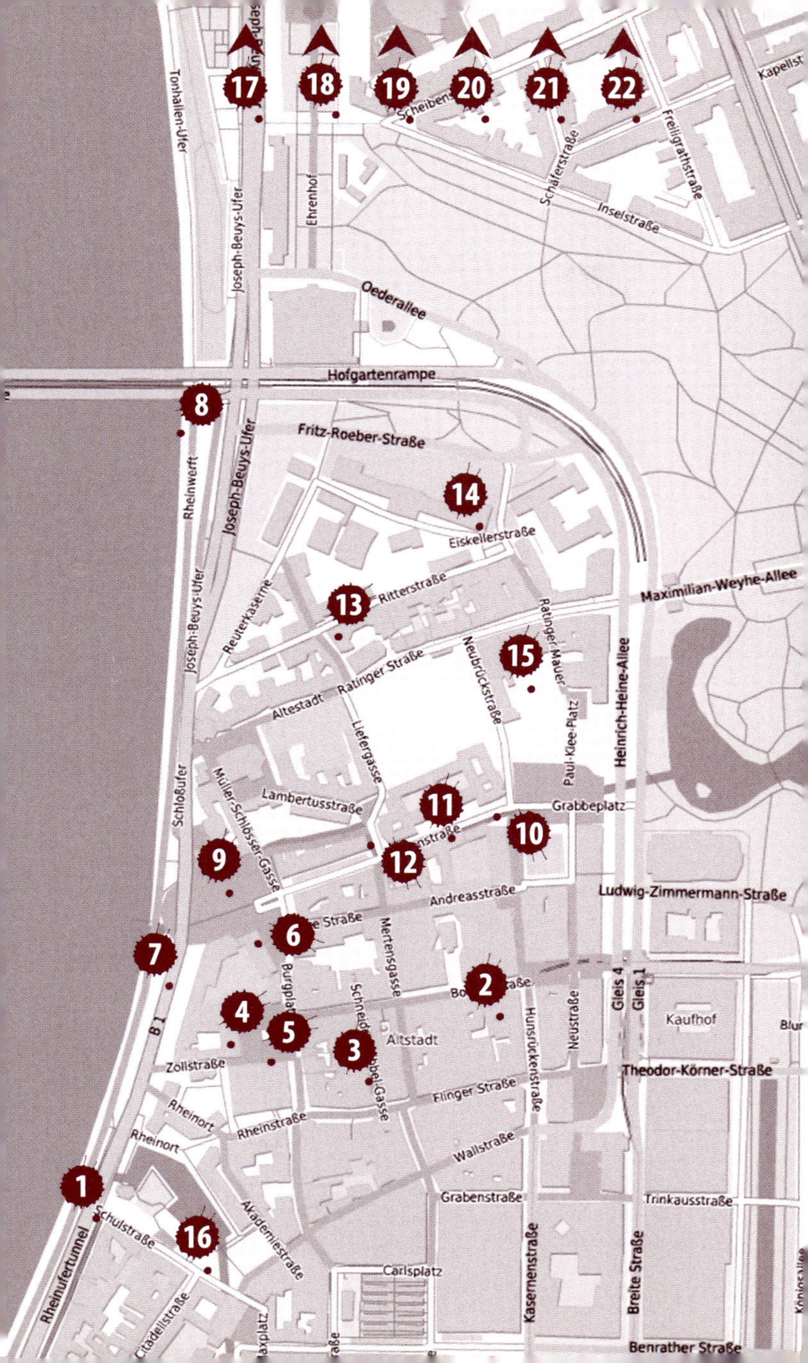
17
18
19
20
21
22
Tonhallen-Ufer
Joseph-Beuys-Ufer
Ehrenhof
Scheibenstraße
Schäferstraße
Freiligrathstraße
Kapellstr.
Inselstraße
Oederallee
Hofgartenrampe
8
Fritz-Roeber-Straße
Rheinwerft
14
Eiskellerstraße
Ritterstraße
13
Maximilian-Weyhe-Allee
Reuterkaserne
Ratinger Straße
Neubrückstraße
Ratinger Mauer
15
Altestadt
Heinrich-Heine-Allee
Liefergasse
Paul-Klee-Platz
Schloßufer
Müller-Schlösser-Gasse
Lambertusstraße
11
Grabbeplatz
10
12
9
Andreasstraße
Ludwig-Zimmermann-Straße
6
Mertensgasse
7
Burgplatz
2
Gleis 4
Gleis 1
Kaufhof
Neustraße
Hunsrückenstraße
4
5
Altstadt
3
B 1
Zollstraße
Theodor-Körner-Straße
Flinger Straße
Rheinort
Rheinstraße
Wallstraße
1
Grabenstraße
Trinkausstraße
Schulstraße
16
Akademiestraße
Rheinufertunnel
Carlsplatz
Kasernenstraße
Breite Straße
Citadellstraße
Benrather Straße

SCHMUGGEL AM RHEIN

Rheinuferpromenade

1

Schmuggel ist an einer Zollstelle wie Düsseldorf immer ein Thema gewesen, und in Kriegszeiten wie im Dreißigjährigen Krieg oder zur Zeit der Kontinentalsperre haben auch die Düsseldorfer geschmuggelt. Bemerkenswert ist eine Begebenheit aus dem Jahr 1626: Auf dem Rhein wurden regelmäßig große Geldmengen transportiert, beispielsweise der Sold der Kriegsparteien. Der in Köln ansässige holländische Schiffer Dirk Schey war in wirtschaftliche Not geraten, weil die Spanier den Kölner Handel mit den Niederlanden durch Verbote, Zölle und Kontrollen behinderten. Nun plante Schey, einen der Geldtransporte des spanischen Zahlmeisters Martin Cornet an sich zu bringen. Nachdem Schey das Vertrauen Cornets gewonnen hatte, ließ er sich im Winter für die Verschiffung einer sehr großen Geldlieferung anheuern. Nun wartete Schey, bis auf dem Rhein Eis trieb. Als er kurz vor der Abfahrt von Köln erfuhr, dass ein Teil der Soldgelder vor Düsseldorf abgeladen werden sollte, setzte er mit einem eigenen Schiff Cornet und dessen drei Begleiter gefangen.

Ein Silberbecher aus dem Dreißigjährigen Krieg zeigt diese Szene. Mit erhobenem Schwert lenkte Schey das Schiff an Düsseldorf vorbei und konnte bis nach Rees entkommen. Er erbeutete 52.000 Reichstaler, die er den Holländern übergab. Für diese Tat wurde er später mit der Ernennung zum Schiffskapitän belohnt.

< Promenade: Wo früher Schiffe anlegten, flanieren heute Einheimische und Touristen.

2

UNHEIMLICHE ERINNERUNGEN HEINES

Bolkerstraße 53

Mitten in der Altstadt ist das Geburtshaus von Heinrich Heine, des berühmtesten Sohns Düsseldorfs und eines der bedeutendsten deutschen Dichter, zu finden. Heine wurde am 13. Dezember 1797 im Hinterhaus der Bolkerstraße 53 geboren. Heute befindet sich in diesem Haus eine Buchhandlung, die der bekannte niederländische Dichter Cees Nooteboom bei einer Befragung als die schönste Buchhandlung Europas bezeichnet hat. Er hat sogar ein kleines Büchlein über das Geschäft geschrieben, das dort erhältlich ist.

Heinrich Heine hatte schon immer einen Sinn fürs Unheimliche, und dazu passt auch die Geschichte seiner ersten großen Liebe. Harry Heine, wie Heinrich Heine eigentlich hieß, war von einer alten Frau, die als Hexe galt, gelobt worden. Als seine Kinderfrau, die Zippel, dies hörte, erwachte in ihr der alte Volkswahn, dass es für Kinder schädlich sei, wenn sie solchermaßen gelobt werden, dass sie dadurch erkranken oder von einem Übel befallen würden. Außerdem war sie der Meinung, dass so eine bedenkliche Lobspende von einer Hexe nur durch eine Person gebrochen werden konnte, die ebenfalls eine Hexe war. Jene Frau nannte man die ‚Meisterin' oder auch die Göchin, weil sie aus Goch gebürtig war, wo auch ihr verstorbener Gatte, der das verrufene Gewerbe eines Scharfrichters betrieb, sein Domizil hatte.

Man wusste, dass er seiner Witwe mancherlei Geheimnisse hinterlassen hatte, und diese verstand es, diesen Ruf auszubeuten. Ihre besten Kunden waren Bierwirte, denen sie die Totenfinger verkaufte, die sie noch

Im Hinterhaus der Bolkerstraße 53 wurde Heinrich Heine am 13. Dezember 1797 geboren. ➤

HEINE HAUS
MÜLLER & BÖHM LITERATURHANDLUNG · LITERATURCAFÉ

aus der Hinterlassenschaft ihres Mannes zu besitzen vorgab. Das waren die Finger von gehenkten Dieben, sie dienten dazu, das Fassbier wohlschmeckender zu machen.

Doch nicht die Hexerei zog Harry Heine zur Göchin, sondern ihre Nichte Josepha, genannt ‚das rote Sefchen'. „Ihr Haar war rot, ganz blutrot und hing in langen Locken bis über ihre Schultern hinab, sodass sie dasselbe unter dem Kinn zusammenbinden konnte. Das gab ihr aber das Aussehen, als habe man ihr den Hals abgeschnitten und in roten Strömen quölle daraus hervor das Blut."

Der Mann der Göchin war der Bruder von Sefchens Vater, ebenfalls Scharfrichter, doch da er früh starb, nahm die Göchin das Sefchen zu sich. Das Sefchen wusste viele Volkslieder und hat vielleicht bei Heine den Sinn hierfür erweckt. Ein Lied, das sie von der Zippel gelernt hatte und welches diese auch Harry als Kind vorgesungen hatte, ging so: „Otilie lieb, Otilie mein, / Du wirst wohl nicht die Letzte sein – / Sprich willst du hängen am hohen Baum? / Oder willst du schwimmen im blauen See? / Oder willst du küssen das blanke Schwert, / Was der liebe Gott beschert?"

Hierauf antwortete Otilie: „Ich will nicht hängen am hohen Baum, / Ich will nicht schwimmen im blauen See, / Ich will küssen das blanke Schwert, / Was der liebe Gott beschert!"

Den besten Standpunkt hat man vor dem Eingang des Heinrich-Heine-Geburtshauses Bolkerstraße 53. Man erinnert sich an sein Gedicht über die Loreley und natürlich seine phantasievolle Jugend mit dem roten Sefchen. Ob die Geschichte wahr ist?

DIE BEERDIGUNG DER LEBENDIGEN LEICHE

Schneider-Wibbel-Gasse

Anfang des 19. Jahrhunderts war Düsseldorf von französischen Truppen besetzt. 1811 ritt sogar Kaiser Napoleon an der Spitze seiner Soldaten in die Stadt ein. Die Leute standen Spalier in den Straßen. Jedoch ein großer Teil der Bevölkerung war auch gegen die französische Besatzung, so auch der Schneider Wibbel. Wahrscheinlich hieß er so, weil er klein und „wibbelig" war. „Wibbelig" nennt man in Düsseldorf Leute, die nicht still sitzen können und immer hin- und herzappeln. Der Schneider konnte auch den Mund nicht halten. An jenem Tag hatte er wohl viele Gläser Altbier in seinem Stammlokal „Zum schwarzen Anker" getrunken, sang in seiner Stammkneipe Lieder über den französischen Kaiser, „den kleinen Mann von Korsika", auch zog er wohl über die Franzosen her.

Dies hörte ein Franzose, und Wibbel wurde zu vier Wochen Gefängnis verurteilt. Jedoch der Wibbel jammerte und lamentierte, er wolle nicht ins Gefängnis. Aber seine Frau, die Fin, war eine echte rheinische Frau. Denen fällt immer etwas ein. In Wibbels Werkstatt gab es einen Schneidergesellen namens Zimpel. Ihm versprach die Fin viel Geld und Urlaub, um für den Meister die Strafe abzusitzen. Während dieser Zeit sollte sich dieser in der Besenkammer verstecken. Ein Ende war ja abzusehen.

Aber der Zimpel, der arme Zimpel war so dünn, dass er im Gefängnis starb. Nun glaubten alle Leute, dass der Schneidermeister Wibbel tot sei. Und der echte Wibbel war ganz geschafft – er war ja tot, er sollte nun tot sein für immer! Es gab eine wunderschöne Beerdigung für den hochgeehrten Herrn Schneidermeister. Viele Leute aus Düsseldorf waren gekommen, um ihm das letzte Geleit zu geben. Der echte Schneider jedoch stand in seinem Haus mit seiner Frau Fin hinter dem Fenster und rief: „Fin, schau auf die Straße, da kannst du meiner Beerdigung zusehen, was bin ich doch für ‚en schöne Leich'! Alle sind gekommen, der Bürgermeister, der Pastor, der Ratsherr, sogar Knaps Jupp. Er hat seine letzten Hosen nicht bezahlt, nun trägt er einen großen Kranz, er wird seine Schulden bezahlen, bevor ich beerdigt bin." Wibbel war regelrecht gerührt über die schöne Beerdigung, über die Fahnen, die Kränze und die Musik.

Aber das heulende Elend kam am nächsten Tag wieder über ihn, als er sich tagsüber in der Besenkammer verstecken musste – und das sein Leben lang! Jedoch hatte seine Frau, die Fin, wieder eine gute Idee. Sie schnitt und färbte dem Wibbel die Haare, er musste sich den Bart abrasieren, und dann gab sie ihn als Wibbels Bruder aus Hamburg aus und heiratete ihn noch einmal. Bald war auch ein kleines „Wibbelchen" unterwegs. Als Kaiser Napoleon seine Schlachten verloren hatte, kam die ganze Geschichte heraus. Die Wibbels mussten eine Strafe wegen Bigamie bezahlen, denn sie hatten ja zweimal geheiratet.

Über diese Geschichte hat der Heimatdichter Müller-Schlösser ein Buch geschrieben. Es gibt auch ein Theaterstück und einen Film darüber.

Der beste Standpunkt, sich über den Schneidermeister Wibbel zu amüsieren, ist in der Mitte der Schneider-Wibbel-Gasse vor dem Relief. Wenn man den Wibbel streichelt, soll es sogar Glück bringen – aber bitte nicht vergessen, die kleine Maus in dem Tuch zu streicheln! Nur dann wird das Glück vollkommen! Um die Ecke ist noch eine Wanduhr zu finden – zu bestimmten Zeiten kommt der Schneider Wibbel heraus, und es werden verschiedene Melodien gespielt.

Schneider-Wibbel-Relief ➤

Schneider-Wibbel
Streichle den Wibbel
ein kleines Stück,
und Du wirst sehen
es bringt Dir Glück!

4

ET SPECKKÄMMERKE – DAS ASYL FÜR HERUMTREIBER

Marktplatz

Der Durchgang hinter dem Jan-Wellem-Denkmal führt zum Innenhof des Rathauses. Früher befand sich links des Hofes das „Speckkämmerke". So nannten die Einheimischen den Gewahrsam für Raufbolde, Bettler, Leute, die ohne Genehmigung Lumpen gesammelt und solche, die gehörig einen über den Durst getrunken hatten. Gleich vorn war die Wache, wo die Eingelieferten erst einmal gefilzt wurden. Unter ihnen gab es Gewohnheitssäufer, die nach verbrachter Nacht im ausgenüchterten Zustand Holz hacken oder die Latrine säubern mussten.

Kleine Spitzbuben wurden zumeist für ein paar Tage eingesperrt und dann wieder freigelassen. Dann waren da noch die Obdachlosen, die sich freiwillig ‚einlochen' ließen, um bei schlechter Witterung ein Dach über dem Kopf zu haben. Wenn für solche wegen Überfüllung kein Platz vorhanden war, kam es vor, dass sie sich am Eingang hinstellten und ihr Wasser abließen, um dann wegen Verunreinigung eingesperrt zu werden. Das ging allerdings nicht ohne Randalieren ab. Der Sünder bekam dann Prügel, doch gehörte das genauso dazu wie das Versprechen, solche Schweinereien nicht mehr zu wiederholen.

Ursprünglich wurde das Nachtquartier bis zu einer gewissen Uhrzeit durch eine Spirituslampe erleuchtet. Als der Brennstoff aber aus den Lampen getrunken wurde, wurden diese „wegen Feuergefahr" eingezogen. Im Übrigen vertrat die Behörde die Ansicht, dass derart lichtscheue Elemente auch keine Beleuchtung benötigen. – Die Eingefleischten unter den Vagabunden wurden ‚Speckjäger' genannt.

KURIOSER GERICHTSFALL

5

Marktplatz

„Liebe des Witwers bleibt unerwidert" – „Verfolgte verzeiht dem Täter" – „Verfahrenseinstellung" – so oder so ähnlich titelte die Presse angesichts eines besonderen Falls von Stalking. Anlass für die Klage einer 70-jährigen Rentnerin vor dem Amtsgericht war, dass sie auf dem Marktplatz von einem 78-jährigen Witwer wiederholt bedrängt wurde und dass er auf dem Marktplatz handgreiflich geworden war. Er hatte sie wiederholt an die Wand gedrückt und ihr dabei seine Liebe erklärt. Diese Aktionen hatten eine Vorgeschichte: Es war wohl Liebe auf den ersten Blick – zumindest für den Angeklagten. Denn die Dame seines Herzens wollte wohl nicht mehr als eine Bekanntschaft.

Das konnte der Pensionär nicht akzeptieren. Die Klägerin berichtete vor dem Gericht mit unsicherer Stimme: „Schon kurz nach unserem Kennenlernen hat er gewollt, dass ich zu ihm ziehe, zwei Wochen später wollte er Sex. Und dann hat das mit der Eifersucht begonnen." Er habe an der Haltestelle gewartet, sei im Auto ihrem Bus gefolgt. Bei einem Spaziergang mit einer Freundin sei er aus dem Gebüsch gesprungen, habe gerufen: „Ich liebe dich!" Er habe ihr Postkarten mit „Sei wieder lieb zu mir!" geschickt. Sie habe sich nicht mehr auf die Straße getraut, sei zusammengebrochen und jetzt noch in Behandlung. Erst nach ihrer Anzeige habe sie sich wieder sicherer gefühlt.

Der Angeklagte im grauen Anzug saß mit verschränkten Armen auf seinem Platz, beäugte sie über seine Lesebrille hinweg: „Das stimmt von A bis Z nicht!" Sie hätten sich nie gezankt:

„Wir sind doch nicht verfeindet!" Er beschrieb den Beginn ihrer Bekanntschaft. Im Wald hätten sie sich kennengelernt: „Fünf Minuten später haben wir getanzt!" Im Wald. Von da an hätten sie sich täglich gesehen, Nordic Walking gemacht, Kaffee getrunken, ferngesehen oder gespielt. „Ich war verliebt. Aber wir haben uns nie geküsst." Nach ihrem Urlaub sei es plötzlich aus gewesen. Jetzt träfen sie sich zufällig, sie seien ja noch Freunde.

Die Staatsanwältin fragte die 70-Jährige, ob sie noch Kontakt wolle. „Er soll mich in Ruhe lassen!", sagte sie weinend. Der Richter wies den Angeklagten darauf hin: „Haben Sie das verstanden?" Der rief enttäuscht: „Dann mache ich Schluss!" Sie habe ihm das nie ins Gesicht gesagt. Er werde womöglich wegziehen. Der Richter bestärkte ihn: „Gute Idee. Aus den Augen, aus dem Sinn!"

Auf die Frage der Staatsanwältin, ob sie eine Strafe für den Angeklagten wünsche, lehnte die Rentnerin ab. „Ich habe ihm schon verziehen." Das Gericht stellte das Verfahren ein.

DER WILDDIEB „MUGGEL“

6

Ecke Kurze Straße/Marktstraße

Der „Muggel“ hieß mit bürgerlichem Namen Johann Muckel. Er arbeitete auch als Waldarbeiter und machte des Öfteren Erledigungen für den Förster. Eines Tages ging er für die Förstertochter einkaufen und erhielt als Lohn eine alte Uniform ihres Vaters und ein verrostetes Gewehr, das er verkaufen sollte und den Gegenwert behalten.

Der Muggel sah dies als Wink des Schicksals. Er wurde Wilderer, eine Art Robin Hood, er gab auch den Armen etwas ab. Es heißt jedoch, das Meiste versoff er in den Altstadtkneipen.

Seine größte Schwierigkeit war, das erlegte Wild von den Zöllnern unbehelligt in die Stadt zu bekommen. Eines Tages kam er wieder mit einem großen Sack auf seinen Schultern zum Zollhaus. Der Zöllner wollte natürlich wissen, was da drin war. Der Muggel antwortete nur: „Da ist ein Hund drin.“ Natürlich glaubte der Zöllner ihm nicht, denn der Muggel war bereits als Wilddieb bekannt. Er verlangte, den Sack zu öffnen – und tatsächlich sprang ihm eine Promenadenmischung von Hund ins Gesicht. Als der Muggel jedoch am nächsten Tag wieder mit einem vollen Sack ankam, ließen die Zöllner ihn durch. Aber diesmal war tatsächlich Wildbret in dem Sack.

Hin und wieder wurde der Muggel aber doch beim Wildern ertappt. Gegen Ende seines Lebens rühmte er sich, dass über achtzig Gefängnisstrafen gegen ihn verhängt wurden. Der beste Standpunkt, um über den Muggel zu schmunzeln, ist an der Ecke Marktstraße/Kurze Straße vor dem Lokal „Zum St. Sebastian“. Dieses hieß nämlich früher „Der Wilddieb“ und war nach dem Muggel benannt.

7

DETLEV KARSTEN ROHWEDDER

Rheinuferpromenade

Linksrheinisch gegenüber der Altstadt liegt der schöne Düsseldorfer Stadtteil Oberkassel. Hier fand der Mord an Detlev Karsten Rohwedder statt. Rohwedder wurde am 16. Oktober 1932 in Gotha geboren und am 1. April 1991 in Düsseldorf ermordet. Er war ein deutscher Manager und Politiker.

Der Killer hatte ein leichtes Spiel – schon der erste Schuss traf. Detlev Karsten Rohwedder starb im ersten Stock seines Düsseldorfer Hauses, mit dem Rücken zum Fenster, als ihn am Ostermontag gegen 23.30 Uhr ein Schuss aus rund 63 Meter Entfernung traf. Der Vorstand der Treuhand gab an diesem Abend ein perfektes Ziel ab. Es waren noch nicht einmal die Gardinen zugezogen. „Er stand dort wie auf einem Präsentierteller", gaben die Nachbarn später zu Protokoll.

Die Jugendstilhäuser von Oberkassel sind eine exklusive Wohnlage in der Stadt.

Zur Sicherheit feuerte der Schütze aus einer gegenüberliegenden Siedlung von Schrebergärten zwei weitere Schüsse auf das Anwesen am Kaiser-Friedrich-Ring 71 ab. Die zweite Kugel traf seine ins Zimmer gestürzte Frau – Hergard Rohwedders Ellbogen zersplitterte davon. Der dritte Schuss schlug in ein Bücherregal ein. In dem Moment sank der 1,92 Meter große Rohwedder schon zu Boden. Die Gewehrkugel hatte seine Aorta, die Luft- und Speiseröhre zerfetzt. Der 58-Jährige verblutete. Die Täter konnten nicht ermittelt werden.

Rohwedder war sich der Gefahr eines Anschlags durchaus bewusst. Im Juli 1990 hatte er den Vorsitz der Berliner Treuhand übernommen. Er sollte für die Sanierung der maroden ostdeutschen Wirtschaft, die Privatisierung tausender DDR-Betriebe und die Lösung der Eigentumsverhältnisse an Grund und Boden verantwortlich sein. Mehrfach widersetzte er sich Hinweisen von Sicherheitsexperten, er müsse sich auch in der rheinischen Heimat den strengen Regeln des Personenschutzes unterwerfen. So lehnte er es ab, dass sein Haus im Stadtteil Oberkassel komplett mit Panzerglas versehen wurde. Die Fensterscheiben im ersten Stock waren aus Normalglas. Dieser Umstand war seinem Mörder mit Sicherheit bekannt. Die Killerkommandos der ‚Rote Armee Fraktion' kundschafteten die Lebensbedingungen und Gewohnheiten ihrer Opfer nicht selten wochenlang aus.

Zehn Jahre nach dem Mord an dem Präsidenten der Treuhand meldete das Bundeskriminalamt, dass durch eine DNA-Analyse von am Tatort gefundenen Haaren das RAF-Mitglied Wolfgang Grams als Beteiligter in Frage käme. Der Wert der Analyse geriet allerdings in die Kritik. – Von der Rheinuferpromenade hat man einen guten Blick auf den Ortsteil Oberkassel auf der anderen Rheinseite, in dem bis heute viele Prominente wohnen.

8

HILARIUS GILGES

Oberkassler Brücke und Hilarius-Gilges-Platz

Bereits im September 1985 wurde die 2,40 Meter hohe Bronzestatue des 1393 ermordeten Heiligen Johannes von Nepomuk an der rechtrheinischen Ostseite der Oberkasseler Brücke in Düsseldorf aufgestellt. Der Düsseldorfer Künstler Bert Gerresheim hat das Standbild entworfen und angefertigt. Die Statue mit dem Namenszug „Hilarius Gilges" in der Handschrift von Gilges' Tochter Franziska Helms, der Jahreszahl 1933 auf dem Sockel und der Erwähnung von Gilges auf der Gedenktafel erinnern an den Ermordeten.

Eine Düsseldorfer Textilarbeiterin hatte sich in einen afrikanischen Mann, der wahrscheinlich als Rheinschiffer auf einem Schleppdampfer arbeitete, verliebt. Sie bekamen ein Kind. Am 28. April 1909 kam Hilarius zur Welt. Nach der Heirat seiner

Die Rheinkniebrücke verbindet markant Düsseldorf mit Oberkassel ▲

Mutter mit Franz Peter Gilges erhielt Hilarius dessen Namen.

Was war der Anlass, dass der Oberbürgermeister von Düsseldorf, Joachim Erwin, Ende 2003 einen Platz in der unmittelbaren Nähe der Kunstakademie Düsseldorfs nach Hilarius Gilges benannte? Hilarius Gilges war einer der wenigen Afrodeutschen, die vor dem Ersten Weltkrieg in Düsseldorf geboren wurden. Er wuchs im Arbeiter-Milieu der Düsseldorfer Altstadt auf. Jedoch führte er ein aufregendes Leben. Er betätigte sich in Düsseldorf als Stepptänzer, Schauspieler, Kommunist – und war Laienschauspieler einer kommunistischen Agitprop-(„Agitation und Propaganda")-Theatergruppe. 1931 wurde er verhaftet und verbüßte eine einjährige Haftstrafe. Da er weiter für die Kommunistische Partei arbeitete, ging er in den Untergrund, was jedoch wegen seiner schwarzen Hauptfarbe und seines Bekanntheitsgrads als Schauspieler schwer umsetzbar war.

In der Nacht zum 20. Juni 1933 wurde Hilarius Gilges von mehreren Gestapo- und SS-Angehörigen aus seiner Wohnung in der Altstadt zum Rheinufer geschleppt. Dort wurde er brutal misshandelt und ermordet. Von einem Düsseldorfer Freundeskreis wurde 2003 dem Oberbürgermeister der Vorschlag unterbreitet, einen Platz nach Hilarius Gilges zu benennen. Der Text auf dem Straßenschild lautet: „Erstes Todesopfer der NS-Zeit in Düsseldorf, 20. Juni 1933". – Am besten macht man einen Spaziergang von der Statue des Heiligen Nepomuk auf der Oberkasseler Brücke bis zum Hilarius-Gilges-Platz in der Nähe der Kunstakademie.

9

MORD IM SCHLOSS

Burgplatz 30

Jakobe von Baden war knapp zwölf Jahre alt, als ihr Vater 1569 starb. Sie wuchs zu einer lebenslustigen schönen jungen Frau am Münchner Hof heran, wo sie mehrere Verehrer hatte. Sie war schon längst im heiratsfähigen Alter, als sie von ihrer bayerischen Verwandtschaft mit Johann Wilhelm von Jülich-Kleve-Berg (1562-1609) verheiratet wurde. Wohlweislich war ihr verschwiegen worden, dass ihr künftiger Ehemann an einer ererbten Geisteskrankheit litt. Die Wittelsbacher beabsichtigten, mit dieser Heirat den Katholizismus im Düsseldorfer Raum zu stärken.

Die Hochzeit des Erbprinzen mit Jakobe im Jahr 1585 war das prunkvollste Fest der Stadtgeschichte. Die Zeremonien, Turniere, Festessen, Bälle und Feuerwerke dauerten über eine Woche. Zahlreiche Verwandte und adlige Gäste waren zu diesem Ereignis in die Stadt gekommen: insgesamt 1.677 Personen. Stadt und Schloss waren feierlich geschmückt.

Der darauf folgende Alltag des Paares war jedoch bestimmt von der Krankheit Johann Wilhelms, der reizbar und misstrauisch war und unter Verfolgungswahn litt, sowie der Regierungsunfähigkeit seines ebenfalls geisteskranken Vaters, Herzog Wilhelm des Reichen. In den Anfangsjahren der Ehe versuchten Johann Wilhelm und Jakobe noch gemeinsam, die Regierungsgeschäfte an sich zu ziehen. Als sich Johann Wilhelms Geisteszustand Ende der 80er Jahre immer mehr verschlechterte und er für sich und andere durch seine Tobsuchtsanfälle zu einer Bedrohung wurde, wurde er weggesperrt. Aufgrund der Impotenz ihres Gatten wurde sie nicht schwanger. Die Düsseldorfer Räte regierten nach eigenem Gutdünken, bis nach dem Tod Herzog Wilhelms im Jahr 1592. Jakobe versuchte, die Regierung bei Hof und im Land zu übernehmen. Möglicherweise wollte sie endlich ein Leben ohne Fremdbestimmung führen.

Allerdings widersetzte sich diesem Vorhaben Jakobes gehässige Schwägerin Sibylle, die unverheiratet am Düsseldorfer Hof lebte. Zu allem Überfluss legte sich Jakobe auch noch einen angeblichen Liebhaber zu, den wesentlich jüngeren Ritter Dietrich von Hall. Sie wurde wegen Ehebruchs verhaftet und im heute noch stehenden Turm des Düsseldorfer Schlosses gefangengesetzt.

„Ja, er sei dessen nicht in Abred' und wäre wahr, dass er solch Laster mit Ihrer Fürstlichen Gnaden begangen." So bekannte 1599 der des Ehebruchs mit Jakobe Markgräfin von Baden und Gemahlin des Herzogs von Jülich-Kleve und Berg beschuldigte Ritter Dietrich von Hall, ihr ehemaliger Mundschenk am Düsseldorfer Hof. Aber hatte denn überhaupt ein Ehebruch stattgefunden? Das Geständnis des Ritters erfolgte nämlich unter Androhung der Folter. Die

▲ Im Schlossturm befindet sich heute ein Schifffahrt-Museum.

seit 1595 unter Anklage ehewidriger Beziehungen im Turm des Schlosses zu Düsseldorf festgesetzte Jakobe hat ebendiese nie gestanden.

Sibylles übles Intrigenspiel gipfelte darin, Kaiser Rudolf eine Klageschrift gegen Jakobe mit Mutmaßungen und Verleumdungen zu überreichen. Als der Versuch, ihr den Prozess zu machen, scheiterte, griffen Jakobes Schwägerin und ihre Getreuen zum Äußersten. Am Morgen des 3. Septembers 1597 wurde Jakobe tot in ihrer Kammer gefunden, nachdem sie am Abend zuvor noch Gäste empfangen und auf das Wohl ihres Mannes getrunken hatte. Augenzeugenberichte legen die Vermutung nahe, dass Jakobe erstickt oder erdrosselt wurde.

Das Motiv war offensichtlich. Es musste Platz für eine offenbar fruchtbarere Nachfolgerin geschaffen werden, um die vom Aussterben bedrohte Dynastie zu retten. Die Landesfürstin starb mit nur 39 Jahren. Der angebliche Ehebrecher Dietrich von Hall konnte nach Amerika entfliehen.

Der Tathergang dieses Verbrechens ist nie aufgeklärt worden, verdächtig waren der geisteskranke Ehemann und die intrigante Schwägerin. Wahrscheinlich wurde Jakobe erdrosselt, wie aus alten Gerichtsunterlagen und aus gründlichen gerichtsmedizinischen Untersuchungen hervorgeht. Letztere erfolgten anlässlich der Exhumierung der Gebeine, die seit 1819 seitlich unter dem pompösen Marmorgrabmal ihres Schwiegervaters Herzogs Wilhelm V. in der Lambertus-Basilika zu Düsseldorf bestattet sind.

Der Schlossturm, der Rest des 1872 abgebrannten Schlosses, steht noch auf dem Burgplatz. Darin sind das Schifffahrt-Museum und in der obersten Etage das am schönsten gelegene Café von Düsseldorf untergebracht. Hier setzt man sich am besten hin, genießt die Aussicht auf den Rhein und denkt an die arme Jakobe, die im Schloss ermordet wurde.

10

KUNSTFÄLSCHERSKANDAL

Mühlenstraße

Werner Spies ist ein bekannter deutscher Kunsthistoriker, Journalist, Kunstvermittler und Museumsdirektor. Von 1975 bis 2002 hatte er einen Lehrstuhl für die Kunst des 20. Jahrhunderts an der Kunstakademie Düsseldorf. Er promovierte über die Collagen von Max Ernst. Mit dem Künstler, den er 1966 kennenlernte, verband ihn bis zu dessen Tod im Jahr 1976 eine tiefe Freundschaft. Für das ‚Centre Georges Pompidou' in Paris organisierte er 1998 die Ausstellung „Max Ernst, sculptures maisons, paysages" sowie 2002 „La Révolution surréaliste" die anschließend in der Kunstsammlung Nordrhein-Westfalen in Düsseldorf gezeigt wurde. 2010 bestätigte Werner Spies als Gutachter durch Expertisen die Echtheit einiger Werke von Max Ernst aus einer fingierten „Kunstsammlung Jägers". Die

▲ Ein Besuch der Kunstsammlung Nordrhein-Westfalen wird empfohlen.

gers". Die Sammlung Werner Jägers war eine angebliche Gemäldesammlung des Kölner Unternehmers Werner Jägers (1912–1992), die in Wirklichkeit aus Fälschungen bestand. Diese wurden zu Preisen von bis zu mehr als einer Million Euro an Kunstsammler verkauft, über renommierte Auktionshäuser versteigert. Insgesamt sollen die Gemälde einen Erlös von 16 Millionen Euro für die Betrüger erbracht haben.

Sieben Bilder, im Max-Ernst-Stil gefälscht, hatte Werner Spies für echt befunden. Die Arbeiten wurden als authentische Werke des Künstlers versteigert, waren jedoch Fälschungen. An ihrem späteren Verkauf war er auch finanziell beteiligt. Von der Fälscherfamilie Beltracchi erhielt er Provisionen in Höhe von 400.000 Euro, weitere Provisionen in unbekannter Höhe von dem Kunsthändler Marc Blondeau. Weitere gefälschte Werke von Max Ernst kamen in den Handel, wurden für Millionensummen verkauft, nachdem sie durch Aufnahme in eine von Werner Spies betreute Ausstellung bzw. durch das Max-Ernst-Museum, dessen Stiftungsratsvorsitzender er war, „veredelt" worden waren.

Am 27. Oktober 2011 wurden der Maler Wolfgang Beltracchi zu sechs Jahren und seine Frau Helene zu vier Jahren Haft verurteilt. Wegen eines Geständnisses von Wolfgang Beltracchi wurden milde Strafen verhängt.

DER MANNESMANN-PROZESS

Mühlenstraße

Düsseldorf hatte viele Jahrzehnte den Beinamen „Schreibtisch des Ruhrgebiets". Eine große Anzahl von Großkonzernen und Verbänden hatte hier ihren Hauptsitz, so auch die Firma Mannesmann.

Der Mannesmann-Prozess, der im Düsseldorf Landgericht stattfand, war 2004 bis 2006 ein aufsehenerregendes deutsches Wirtschaftsstrafverfahren. Gegenstand des Prozesses waren Prämienzahlungen im Zusammenhang mit der Übernahme von Mannesmann durch Vodafone im Jahr 2000. Insbesondere die Höhe der gezahlten Prämien, die Prominenz einiger Angeklagter und die zu entscheidende, damals ungeklärte Rechtsfrage, ob es zulässig sei, Angestellten Prämien zu gewähren, auf die sie nach ihrem Dienstvertrag keinen Anspruch haben, verschafften dem Prozess große Aufmerksamkeit in der Öffentlichkeit.

Den Angeklagten Joachim Funk, Vorstandsvorsitzender und Aufsichtsratschef der Mannesmann AG, Josef Ackermann, Vorsitzender des Vorstands der Deutschen Bank, Klaus Zwickel, ehemaliger IG-Metall-Chef und Jürgen Ladberg, ehemals Betriebsratsvorsitzender der Mannesmann AG, wurde vorgeworfen, als Mitglieder des Aufsichtsratsausschusses für Vorstandsangelegenheiten der Mannesmann AG im Zusammenhang mit dessen Übernahme durch das britische Telekommunikations-Unternehmen Vodafone durch Zuerkennung freiwilliger Sonderzahlungen und Abgeltung von Pensionsansprüchen Untreue zum Nachteil der Mannesmann AG begangen zu haben.

Die Angeklagten Klaus Esser, damals Vorstandsvorsitzender der Mannesmann AG, und Dietmar Droste, Leiter der für die Betreuung der aktiven Vorstandsmitglieder zuständigen Abteilung, sollen mehrere der Taten durch die Vorbereitung von Beschlüssen und deren Umsetzung unterstützt haben. Am 23. Juni 2004 beantragte die Staatsanwaltschaft für Joachim Funk eine Freiheitsstrafe von drei Jahren, für Klaus Esser eine Freiheitsstrafe von zwei Jahren und sechs Monaten. Ackermann sollte wegen Untreue in einem besonders schweren Fall eine Freiheitsstrafe von zwei Jahren, Klaus Zwickel eine Freiheitsstrafe von einem Jahr und zehn Monaten bekommen. Ebenfalls eine Freiheitsstrafe wurde für Jürgen Ladberg gefordert. Der Mannesmann-Mitarbeiter Dietmar Droste sollte eine Freiheitsstrafe von einem Jahr erhalten. Bei den Angeklagten Ackermann, Zwickel, Ladberg und Droste sollte die Vollstreckung der Strafe zur Bewährung ausgesetzt werden.

Am 22. Juli 2004 ging der Prozess nach 24 Wochen, 37 Verhandlungstagen und 55 Zeugenvernehmungen zu Ende. Alle Angeklagten wurden freigesprochen. Die Staatsanwalt-

Ehemaliges Landes- und Amtsgericht Düsseldorf ▲

schaft Düsseldorf legte gegen das Urteil des Landgerichts Revision ein. Der Bundesgerichtshof hob das Urteil des Landgerichts Düsseldorf auf und verwies die Sache zu neuer Verhandlung und Entscheidung an eine andere Strafkammer des Landgerichts zurück. Der BGH entschied, dass sich die Angeklagten nach den Feststellungen des Landgerichts der Untreue bzw. der Beihilfe hierzu schuldig gemacht haben.

Am 26. Oktober 2006 begann die erneute Verhandlung vor der großen Strafkammer des Düsseldorfer Landgerichts. Am 24. November 2006 wurde die Möglichkeit einer Einstellung des Prozesses bekanntgegeben. Bei dem Prozess ging es ursprünglich um einen Schaden von 58 Millionen Euro. Das Verfahren wurde gegen eine Geldauflage von 5,8 Millionen Euro auf Grund eines Antrags der Verteidiger, dem die Staatsanwaltschaft zustimmte, vorläufig eingestellt. Dabei sollten Ackermann 3,2 und Esser 1,5 Millionen Euro zahlen. Der ehemalige Aufsichtsratsvorsitzende Joachim Funk sollte eine Million und Ex-IG-Metallchef Klaus Zwickel 80.000 Euro zahlen. Für Betriebsratschef Jürgen Ladberg legte das Gericht eine Geldauflage in Höhe von 12.500 Euro und für den Manager Dietmar Droste 30.000 Euro fest. Nach Erfüllung der Auflagen wurde das Verfahren durch die Strafkammer endgültig eingestellt. Im Zusammenhang mit der Verfahrenseinstellung wurde in der Öffentlichkeit von Klassenjustiz gesprochen.

Am besten stellt man sich vor das ehemalige Landes- und Amtsgericht und führt sich den Prozess, der damals die Nation empört hat, vor Augen. Unvergesslich ist auch das Victory-Zeichen von Herrn Ackermann gegenüber Herrn Esser, das als Missachtung des Gerichts und totale Arroganz interpretiert wurde. Später hat sich Herr Ackermann dafür entschuldigt.

12

DER MAJDANEK-PROZESS

Mühlenstraße

Auch nach über 30 Jahren ist der Majdanek-Prozess in Düsseldorf nicht vergessen, der im ehemaligen Landgericht in der Mühlenstraße stattfand. Regelmäßig gibt es Rückblenden in den Zeitungen über die Verbrechen der Angeklagten, die Mörder im Lager Majdanek in Polen waren. Das Konzentrationslager Majdanek – Majdanek ist ein Vorort von Lublin – war das erste deutsche KZ der SS im besetzten Polen. Es wurde zeitweise als Vernichtungslager genutzt. Es bestand von Oktober 1941 an, bis es am 23. Juli 1944 von der Roten Armee befreit wurde.

Von Juli 1942 bis zum Jahresende wurden überwiegend Juden und Polen als Opfer von Aussiedlungspolitik und Vergeltungsaktionen eingeliefert. 1943 war Majdanek KZ und Arbeitslager für politische Häftlinge und Juden sowie Sammelstelle für die deportierte Landbevölkerung aus Polen und der UdSSR. In diesem Jahr fanden im Lager die größten Vernichtungsaktionen statt. So wurden am 3./4. November bei der sogenannten Aktion „Erntefest" 9.000 Juden aus Lublin nach Majdanek verschleppt und zusammen mit weiteren 8.000 dort inhaftierten jüdischen Zwangsarbeitern erschossen. Seit der Jahreswende 1943/1944 erfüllte Majdanek die Funktion einer Mordstätte für kranke Häftlinge anderer Lager und deportierte polnische Zivilisten. Wegen nur provisorisch eingerichteter Baulichkeiten, schlechter Wasserversorgung, mangelnder sanitärer Verhältnisse war eine ungewöhnlich hohe Sterblichkeitsrate zu verzeichnen. Die Zahl der im Lager untergebrachten Häftlinge schwankte zwischen 10.000 und 15.000 und

erreichte im Sommer 1943 eine Zahl von 25.000.
Es gilt heute als ungeklärt, ob Majdanek in die Planung des systematischen Massenmordes an den Juden einbezogen wurde. Vermutlich kamen 60 Prozent der Opfer durch Auszehrung, Zwangsarbeit, schlechte Behandlung und Krankheiten um. Hinrichtungen wurden durch Erschießen durchgeführt, daneben ist wahrscheinlich, dass auch drei Gaskammern in der Zeit zwischen September 1942 bis Oktober 1943 zur Massentötung verwendet wurden.
Durch eine polnisch-sowjetische Kommission begann noch Ende Juli 1944 die erste Untersuchung der Verbrechen. Es kam in Lublin zur Gerichtsverhandlung, die im November 1944 zu sechs Todesurteilen führte. 1948 wurden weitere sieben Angeklagte zum Tode verurteilt.
Der Majdanek-Prozess von 1975 bis 1981 war ein Prozess gegen 16 ehemalige SS-Angehörige vor dem Landgericht Düsseldorf. Hermine Ryan, geborene Braunsteiger, erhielt eine lebenslange Freiheitsstrafe, sieben weitere Haftstrafen zwischen drei und zwölf Jahren wurden verhängt. Ein Angeklagter wurde freigesprochen. Vier weitere Angeklagte waren bereits wegen Mangels an Beweisen freigesprochen worden, da viele Zeugen die Täter nach so langer Zeit nicht mehr eindeutig identifizieren konnten. Zwei Angeklagte waren verhandlungsunfähig geworden, einer starb noch während des Verfahrens.
Die Gerichtsurteile sorgten in der Bundesrepublik Deutschland für lange Debatten, da die verhängten Strafen vielen Beobachtern zu gering erschienen. – Beim Besuch der Mahn- und Gedenkstätte in der Mühlenstraße sollte man sich diese furchtbare Zeit ins Gedächtnis rufen und dafür sorgen, dass sie nicht in Vergessenheit gerät.

13

DIE SIECHENBANDE – EINE RÄUBERFAMILIE

Ritterstraße

Zwischen 1698 und 1710 ereigneten sich in der Stadt Düsseldorf mit seinerzeit ca. 4.000 Einwohnern eine große Zahl schwerer Verbrechen. Es handelte sich um Raub und Raubmorde in Verbindung mit Straßenüberfällen. Zwar soll die Ausbeute jeweils sehr gering gewesen sein, weil oft nur die Kleider der Opfer und geringe Geldbeträge erbeutet wurden. Dennoch kam es durch die Verbrechensserie zu mindestens 18 vollzogenen oder versuchten Morden.

Die Verbrechen wurden aufgedeckt, weil einige Enkel des damaligen Anführers der Bande, Dietrich Schieper, beim Obstdiebstahl erwischt wurden und mit den Taten ihrer Familien prahlten. Dies führte zur Aufdeckung der Machenschaften der Familienbande. Unter Folter gestanden zahlreiche Familienmitglieder ihre Taten. Die Truppe erhielt den Namen Siechenbande, weil die durch Verwandtschaft miteinander verbundenen Mitglieder als Lepröse getarnt in den Siechenhäusern des Rheinlands lebten. Die Bandenmitglieder bewohnten, obwohl sie gesund waren, die Lepra-Heime, wobei sie den dazu erforderlichen Siechenbrief erwarben oder fälschten und die Krankheit selbst professionell simulierten.

Der Haupttäter der ‚Siechen-Prozesse', Dietrich Schieper, wurde wegen mehrfachen Mordes mit glühenden Zangen gezwickt, auf einem Schlitten zur Richtstätte geschleift und dort „von oben nach unten" gerädert. Mit seinem eigenen Mordgerät, einem Stock mit Eisendornen, wurden ihm die Gliedmaßen zerschlagen. Die Arme, das Genick, die Brust wurden ihm zerstoßen, dann wurde der Mann aufs Rad geflochten und vor dem Ratinger Siechenhaus ausgestellt.

Genauso erging es auch seinem Kumpan Martin Pop und dessen Sohn Michael. Pops Ehefrau Susanne wurde der Kopf mit dem Schwert abgeschlagen und dieser auf einer Stange vor dem Gebäude präsentiert. Die Enthauptung mit dem Schwert galt als die mildeste Hinrichtungsart, milder noch als das Hängen, das als Entwürdigung angesehen wurde.

In dem 1712/14 folgenden Strafprozess wurden die Verbrecher zu schweren Strafen – bei den Haupttätern war es stets die Todesstrafe – verurteilt. Das Oberhaupt der Siechenbande nahm sich vor der Vollstreckung im Kerker das Leben.

Das Düsseldorfer Richtschwert

Das Düsseldorfer Richtschwert stammt aus einer Privatsammlung, die 1905 im Kunst- und Auktionshaus Lempertz in Köln versteigert wurde. Heute befindet es sich unter dem Schätzen des Deutschen Klingenmuseums in Solingen. Es hat eine Klinge mit eingeschlagener Marke, Geweihstange und Reichsapfel. Eingelegt in Kupfer sind ein Galgen und ein Rad auf einem Pfahl. Es trägt die Markierung seines Herstellers, des Waffenschmieds Walm Klein aus Solingen.

Der Reichsapfel ist ein Zeichen, das bei den Solinger Klingenschmieden über Jahrhunderte beliebt war. Sonst erinnert nichts an seine unheimliche Verwendung. Dennoch hat das Prunkstück so manchen Übeltäter vom Leben zum Tode befördert. Wer das Düsseldorfer Richtschwert heute sehen will, muss zum Deutschen Klingenmuseum nach Solingen fahren – nur etwa 45 Minuten von Düsseldorf entfernt.

14

JOSEPH BEUYS – DIE ENTLASSUNG

Kunstakademie Düsseldorf, Eiskellerstraße 1

Joseph Beuys (1921-1986) war ein berühmter deutscher Aktionskünstler, Bildhauer, Zeichner, Kunsttheoretiker und Professor an der Kunstakademie Düsseldorf. Seine Happenings waren zu seinen Lebzeiten Stadtgespräch und sorgten für viel Wirbel in Düsseldorf. Er erklärte zum Beispiel einem toten Hasen seine Werke, kehrte den Grafenberger Wald in Düsseldorf aus, verbrachte drei Tage mit einem Kojoten in einer New Yorker Galerie. Während der Documenta 1982 in Kassel pflanzte er 7.000 Eichen – eine davon ist jetzt als Kunstwerk an der Haroldstraße 4 in Düsseldorf zusammen mit einer Basaltsäule zu sehen.

Ende Januar 1972 fand an der Kunstakademie Düsseldorf eine Konferenz über ein neues Zulassungsverfahren statt, an der Beuys teilnahm. Die Größe einer Klasse wurde auf 30 Studenten begrenzt. Im Sommer wurden 227 Studienbewerber aufgenommen, 125 abgewiesen. 1.052 Studenten waren an der Düsseldorfer Kunstakademie immatrikuliert, davon 268 in der Klasse Beuys'.

Als Beuys mit abgewiesenen Studenten 1972 das Sekretariat der Kunstakademie Düsseldorf besetzte, entließ ihn Wissenschaftsminister Johannes Rau, der spätere Bundespräsident, fristlos. Von Polizisten begleitet, musste Beuys zusammen mit seinen Studenten die Akademie verlassen. In den nachfolgenden Tagen reagierten die Studenten der Akademie mit Hungerstreiks, einem dreitägigen Vorlesungs-Boykott, Unterschriftenaktionen, Transparenten („1.000 Raus ersetzen noch keinen Beuys") und Informationswänden über die Ereignisse. Zahlreiche Protestbriefe und Telegramme aus aller Welt erreichten das Wissenschaftsministerium. Die Resonanz in Rundfunk, Presse und Fernsehen war groß.

In einem offenen Brief forderten Künstlerkollegen, unter ihnen die Schriftsteller Heinrich Böll, Peter Handke, Martin Walser sowie die Künstler Gerhard Richter und Günther Uecker die Wiedereinsetzung eines der bedeutendsten Künstler der deutschen Nachkriegszeit. Am 20. Oktober 1973, etwa ein Jahr nach seiner Entlassung, überquerte Beuys in einem von seinem Meisterschüler Anatol gebauten Einbaum den Rhein vom Ufer des Stadtteils Oberkassel zum gegenüberliegenden Ufer, wo sich die Kunstakademie Düsseldorf befindet.

Mit der Klage gegen das Land Nordrhein-Westfalen leitete er einen jahrelangen Rechtsstreit ein. Im Jahr 1980 kam es vor dem Bundesarbeitsgericht in Kassel zu einem Vergleich: Beuys durfte bis zur Erreichung des 65. Lebensjahrs sein Atelier im „Raum 3" in der Akademie behalten und den Professorentitel weiter führen, dafür akzeptierte er die Auflösung des Arbeitsverhältnisses.

Unvergesslich für viele Düsseldorfer die „Fettecke": Beuys brachte am 28. April 1982 wegen eines für den kommenden Tag vorgesehenen Empfangs des Bevollmächtigten des Dalai Lama in Europa in einer Ecke seines Ateliers „Raum 3" in der Düsseldorfer Kunstakademie etwa zwei Meter unterhalb der Raumdecke fünf Kilogramm Butter an. Der Hausmeister der Akademie entfernte 1986 das Fett, etwa neun Monate nach Beuys' Tod. Johannes Stüttgen, sein ehemaliger Meisterschüler, beanspruchte das Eigentum an dem Werk, da Beuys seine Kunstaktion mit den Worten „Johannes, jetzt mache ich dir endlich eine Fettecke" begonnen habe. Es kam zu einem Prozess. Das Land Nordrhein-Westfalen zahlte ihm in einem Vergleich in zweiter Instanz 40.000 DM Schadenersatz. Es ist zu empfehlen, sich vor den Eingang der Kunstakademie zu stellen und über diesen bedeutenden deutschen Künstler nachzusinnen.

Die Kunstakademie Düsseldorf

Sie entstand 1773 aus der um 1767 durch Lambert Krahe gegründeten Zeichenschule. Wegen fehlender finanzieller Mittel erlebte das Institut einen Niedergang. Da die berühmte Düsseldorfer Bildergalerie des kurfürstlichen Hauses Pfalz-Neuburg 1805/1806 im Zug eines Ländertauschs, an dem sich auch das Königreich Preußen beteiligt hatte, nach München abtransportiert wurde und Düsseldorf bei der Eingliederung in das Königreich Preußen seine Hauptstadtfunktion eingebüßt hatte, beschloss die preußische Regierung als Entschädigung die Wiederbegründung der alten Akademie als Königlich-Preußische Kunstakademie. Der Lehrbetrieb unter dem ersten Direktor Peter Cornelius begann 1822. Nachdem Cornelius die Akademie verlassen hatte, um an die Kunstakademie München zu gehen, folgte 1826 Friedrich Wilhelm von Schadow, aus Berlin kommend, als neuer Direktor. Einige seiner Schüler schlossen sich ihm an und ließen sich auch in Düsseldorf nieder. Unter Schadow entwickelte sich die Kunstakademie zu einer Institution internationalen Ranges. Mit ihr verband sich seit den 1830er Jahren der Begriff der Düsseldorfer Malerschule. Nach dem Brand des Düsseldorfer Residenzschlosses, in dem die Akademie untergebracht war, wurde zwischen 1875 und 1879 für sie am nördlichen Rand der Düsseldorfer Altstadt ein Neubau im Stil der italienischen Renaissance errichtet. In den ersten Jahrzehnten des 20. Jahrhunderts zielte die Kunsthochschule in die Moderne. Der Rheinische Expressionismus und Künstlervereinigungen wie „Das Junge Rheinland" setzten neue Impulse. Studenten waren unter anderem Arno Breker und Wilhelm Lehmbruck. Im Nationalsozialismus wurden einige Lehrer wie Paul Klee abgelöst. Nach dem Krieg erfolgte die Neuausrichtung der Akademie unter Ewald Mataré. In dieser Zeit studierten hier unter anderem Matarés späterer Meisterschüler Joseph Beuys, Erwin Heerich und Günter Grass, der seinen Kommilitonen Herbert Zangs in der „Blechtrommel" als Maler Lanke verewigte. 1958 fand die Fertigstellung des Ateliergebäudes westlich des Hauptgebäudes statt, 1959 wurde Karl Otto Götz an die Akademie berufen, aus dessen Klasse die Maler Gerhard Richter, Gotthard Graubner und Sigmar Polke hervorgingen. Nach wie vor ranken sich Legenden um die Düsseldorfer Akademie mit ihrem eindrucksvollen Gebäude und den riesigen Ateliers, z. B. dem legendären „Raum 20", in dem unter Professor Beuys die Künstler Katharina Sieverding, Blinky Palermo, Imi Knoebel und Jörg Immendorff arbeiteten, bevor „Raum 19" von Knoebel, Immendorff und Palermo beansprucht wurde. Bedeutend auch die Fotoklasse von Ernst Becher mit den Schülern Andreas Gursky, Thomas Ruff, Candida Höfer und Thomas Struth.

Weitere wichtige Lehrer nach dem Zweiten Weltkrieg waren Professor Klaus Rinke und sein Meisterschüler Fritz Schwegler, bei dem unter anderen Thomas Schütte und Katharina Fritsch studierten.

15

RÄUBERBANDEN

Ratinger Mauer

Um 1800, unter der französischen Besatzung, bot die „Gaststätte Paffrath" allerlei ‚lichtscheuem Gesindel' und Räuberbanden Unterschlupf. Obwohl bereits 1803 Mathias Weber, der „Fetzer" (s. Krimiführer Köln, Kapitel 10), in Köln und wenig später Johannes Wilhelm Bückler, der als „Schinderhannes" im Hunsrück ihr Unwesen trieben, in Mainz hingerichtet wurden, trieben es in der Düsseldorfer Gegend die Räuber immer dreister. Weder Polizei, Militär noch Bürgerwehr konnten dagegen etwas ausrichten. Sänger verherrlichten sie in Liedern und machten aus ihnen Volkshelden im Stil eines „Robin Hood". Es hieß, die Räuber würden ihre Überfälle ausüben, um in Not geratenen Mitmenschen zu helfen und die Beute unter den Armen zu verteilen. Jedoch dienten die Überfälle durchaus auch dem Selbstzweck der Diebe .

Offenes Geheimnis war, dass sich die Räuber in der „Paffrath-Spelunke" einnisteten, wo sogar Peter Kremerius, der das Bergische Land bis nach Düsseldorf unsicher machte, hinkam. Zu seiner Bande gehörten „dä schwatte Hannes", „Äu Beumer", „dä kohze Pitter" und „dä Wenkhonk" als Baldower. Sie bedienten sich der sogenannten „Gaunersprache" mit Ausdrücken aus dem Rotwelschen. Ein Baldower war ein Auskundschafter. Sie alle wurden in den Jahren 1813–14 hingerichtet. Von Kremerius selbst und seinen Taten wird heute noch in der Erkrather Gegend erzählt. Es wird sogar behauptet, er sei wegen seiner Schläue niemals ernsthaft bestraft worden und eines natürlichen Todes gestorben.

Sogar der „Fetzer“ soll für geraume Zeit bei Paffrath eine Bleibe gehabt haben. Paffrath an der Ratinger Mauer soll so reich gewesen sein, dass er den Banden fast jede Beute abkaufte und bar bezahlte. In geheimen Kellerräumen unterhielt er ein großes Lager an Silberschätzen. Tagsüber bot er im Torbogen seines Hauses Gästen und Spaziergängern die Ware an. Wenn ein Kunde sein Eigentum erkannte und zur Polizei ging, um den Hehler anzuzeigen, wurde die Anzeige gar nicht aufgenommen. Im Gegenteil konnte der Ankläger froh sein, wenn er nicht selbst unter falschem Verdacht festgenommen wurde. Paffrath hatte bei der Polizei viele Freunde, denen er regelmäßig Geld zusteckte.

Wenn man heute in der Straße „Ratinger Mauer“ steht, kann man sich das Unwesen und die Angst der Bürger vor solchen Räuberbanden gar nicht mehr vorstellen. Die Verbrecher haben ihre Taktiken geändert.

16

ET KASCHOTT

Schulstraße

„Die Königliche Arrest- und Correctionsanstalt" zu Düsseldorf hatte ihren Sitz in einem Gebäudekomplex zwischen Akademie- und Schulstraße. Der heute wieder freigelegte alte Hafen der Stadt war seit 1814 zugeschüttet. Etwa dort, wo heute ein historisches Schiff an die Vergangenheit des Hafenbeckens erinnert, befand sich der Innenhof des Gefängnisses. Der Eingang des Gebäudes war das alte Tor der Schulstraße, das zur Barockzeit noch den Zutritt zu einem Adelspalais gewährt hatte und heute den Vorplatz des Filmmuseums verschönt.

Im westlichen Flügel des Palais befand sich das Gefängnis, das im Gegensatz zum Polizeigefängnis das „Kaschott" war. Sprachgeschichtlich wird dieser Begriff mit dem Wort „Kaschemme" verwandt sein, das ein Wirtshaus mit zweifelhafter Kundschaft bezeichnet. Im Kaschott wurden nicht nur Prügelstrafen, sondern auch Hinrichtungen vollzogen. In früheren Jahrhunderten ahndeten „Hochgerichte" Verbrechen durch Hängen und Verstümmeln.

Unter der französischen Besatzung stand auf dem Gefängnishof das Blutgerüst der Französischen Revolution, die Guillotine. Anlässlich der Jahresfeier der Völkerschlacht bei Leipzig wurde sie auf den Grafenberger Höhen vernichtet. Danach vollstreckte ein Scharfrichter aus Ratingen das Urteil mit einem Stahlschwert, das 1898 nach Nordamerika versteigert wurde. In Düsseldorf sollte ein Ehepaar hingerichtet werden. Der Mann hatte mit dem Wissen seiner Frau ihre drei Kinder ermordet. Der Mörder griff am Vorabend seiner Exekution noch

Die Mauer des Westflügels, in dem sich „Et Kaschott" befand ➤

den Gefängnisschließer an. Die Frau verweigerte anfangs den üblichen Beistand eines Geistlichen vor der Exekution. Jedoch gelang es in der Nacht drei Seelsorgern, einer davon soll Pastor Jääsch gewesen sein, das Ehepaar dazu zu bringen, zu bereuen. Vor der Hinrichtung richtete der Mann einige Worte an die Zuschauer und ermahnte Eheleute zu Liebe und sorgfältiger Kinderziehung.

Nach der Fertigstellung des neuen Gefängnisses in Derendorf, der „Ulmer Höh'" fanden auch dort Exekutionen statt. Nach rheinischem Recht wurden unter preußischer Hoheit Prügelstrafen, Verstümmelungen und Folgerungen abgeschafft. Dennoch gab es große Missstände im „Kaschott". Dunkelzellen, Kostherabsetzung und Kettentragen gehörten immer noch zu den Strafmethoden. 1820 war es noch üblich, Gefangene zu zehn, 20, oft sogar 50 Personen, Kinder, Frauen und Männer in einem Raum gemischt, einzusperren.

Im Pfarrhaus von St. Maximilian, dem ehemaligen Franziskanerkloster St. Antonius, ganz in der Nähe des ehemaligen „Kaschotts", wohnte Gefängnispfarrer Friedrich Gerst (1805–1867), genannt Pastor Jääsch. Friedrich Gerst, als Sohn eines Fuhrmanns in der Altstadt aufgewachsen, sprach völlig selbstverständlich seine Muttersprache, das Düsseldorfer Platt. Als sich der Tischlergeselle Gerst mit 20 Jahren entschloss, Theologie zu studieren und zunächst einmal die Sexta, die unterste Gymnasialklasse, zu drücken, trug ihm das Platt neben seinem Alter den Hohn der Klassenkameraden ein. Aber später im Amt konnte er dieses Platt als Gefängnispfarrer in seinem ironisch genannten „Strafhotel" sehr gut für „seine Kundschaft" gebrauchen. Hinter der alten Mauer, vor dem Filmmuseum kann man sich der Zustände in früheren Gefängnissen recht gut bewusst werden.

AFFÄRE GÜNTER GUILLAUME

17

Cecilienallee 3

Im Oberlandesgericht wurden spektakuläre Fälle verhandelt. Einer führte sogar zum Rücktritt eines äußerst beliebten Bundeskanzlers.

Günter Guillaume, geboren 1927, wurde 1950 Redakteur im Verlag ‚Volk und Welt' in Ost-Berlin. In der Zeit von 1950 bis 1956 ließ sich Guillaume vom Ministerium für Staatssicherheit (MfS) anwerben und für seine künftige konspirative Aufgabe in der Bundesrepublik ausbilden. 1951 heiratete er die Sekretärin Christel Boom, die ebenfalls vom MfS als Agentin ausgebildet wurde. In die SED trat Guillaume 1952 ein. Im Jahr 1956 siedelte er im Auftrag des MfS in die Bundesrepublik nach Frankfurt am Main, wo er einen Kaffeeladen betrieb.

1957 trat er in die SPD ein, seine Frau wurde Sekretärin im Parteibüro der SPD Hessen-Süd.

▲ Das Düsseldorfer Oberlandesgericht

Seit 1964 war Guillaume hauptamtlich als Parteifunktionär für die SPD tätig. 1969 leitete er den Wahlkampf des Bundesministers für Verkehr, Georg Leber, in dessen Wahlkreis in Frankfurt und bewies dabei sein Organisationstalent. 1972 stieg er aufgrund seines Einsatzes und Organisationstalents zum persönlichen Referenten von Willy Brandt auf. Er erhielt Zugang zu geheimen Akten und den Gesprächsrunden im engeren Kreis um den Bundeskanzler. Zudem hatte Guillaume Einblick in die Privatsphäre Willy Brandts.

Obwohl den bundesdeutschen Sicherheitsdiensten seit Mitte 1973 Indizien für die Agententätigkeit der Eheleute Guillaume vorlagen, verging fast ein Jahr bis zu deren Festnahme. Am 24. April 1974 wurde Guillaume in Bonn unter Spionageverdacht verhaftet. Bei der Verhaftung sagte er: „Ich bin Offizier der Nationalen Volksarmee der DDR und Mitarbeiter des Ministeriums für Staatssicherheit. Ich bitte, meine Offiziersehre zu respektieren." Dieser Satz war ein wesentlicher Gesichtspunkt, der gegen ihn sprach, da bis zu seinem Geständnis die Beweislage sehr dünn war. Die Enttarnung bildete den Anfang der nach ihm benannten Guillaume-Affäre. Sie löste in der Bundesrepublik eine schwere Krise aus, an deren Ende am 7. Mai 1974 der Rücktritt Willy Brandts als Bundeskanzler stand.

Im Dezember 1975 wurde Günter Guillaume wegen Landesverrats zu dreizehn Jahren Gefängnis, seine Frau zu acht Jahren Haft verurteilt. Im Jahr 1981 kehrte das Ehepaar Guillaume im Rahmen eines Agentenaustauschs in die DDR zurück. – Das Oberlandesgericht Düsseldorf befindet sich in der Cecilienallee direkt gegenüber dem Rhein. Wenn man sich vor dieses schöne Gebäude stellt, kann man sich in Erinnerung rufen, was ein Spion so bewirken kann.

GEMÄLDEDIEBSTÄHLE IM KUNSTMUSEUM

Museum Kunstpalast, Ehrenhof 4–5

Natürlich ziehen die Schätze des Museums Kunstpalast Diebe an. So war es auch im Februar 1972. Die Täter waren über eine zehn Meter hohe Mauer in den ersten Stock des unzureichend gesicherten Gebäudes eingedrungen und hatten drei Bilder von Rubens, Hals und del Mazo im Wert von mehr als einer Million Mark mitgenommen. Allein der Wert des Rubens-Bildes „Die heilige Cäcilie“ wurde auf 600.000 DM geschätzt. Am Tatort wurden ein Hammer, ein Vierkantschlüssel sowie ein etwa 25 Meter langes Tau sichergestellt, mit dem die Einbrecher sich und die Bilder abgeseilt hatten. Fingerabdrücke wurden jedoch nicht gefunden. Für die Rückgabe der Bilder setzte die Stadt eine Belohnung in Höhe von 30.000 Mark aus. Für das „Bildnis einer Frau“ von Frans Hals musste die Stadt 600.000 Mark Schadenersatz an die Stiftung Preußischer Kulturbesitz zahlen. Das Bild war eine Dauerleihgabe der Stiftung. Die Stadt musste nur für dieses eine Bild bezahlen. Sie hatte es auf dem Weg der „Eigenversicherung“ versichert. Dies bedeutet, dass die Stadt Beiträge in einen Fonds zahlte, aus dem sie Schadensfälle regulierte. Eines der beiden anderen Bilder war eine Leihgabe, die versichert war, das dritte Bild war in städtischem Besitz. Bei einem Besuch der Rubensgalerie des Museums Kunstpalast mit den Bildern „Himmelfahrt Mariae“ sowie „Venus und Adonis“ ist wohl jedem klar, dass die Werke heute so gut gesichert sind, dass ein Diebstahl absolut unmöglich sein dürfte.

19

ENTFÜHRUNG EINES JUNGEN KÖNIGS

Kaiserpfalz, Kaiserswerth

Heinrich IV. wurde 1050 geboren und bereits als Kind mit nur vier Jahren unter großen Feierlichkeiten auf dem Thron Karls des Großen in Aachen gekrönt. Leider starb sein Vater, Heinrich III., zwei Jahre später, und seine schöne Mutter, die Kaiserin-Witwe Agnes von Poitiers, bekam die Vormundschaft für den Jungen. Ihre Regentschaft war sehr schwach. Viele trachteten nach ihrem Geld, denn ohne Geld konnte niemand am Hof bestehen. Zwischen Recht und Unrecht wusste man nicht zu unterscheiden.

Dies veranlasste den Erzbischof von Köln, Anno II. (1010–1075), einen teuflischen Plan auszuhecken. Dazu brauchte er natürlich Helfershelfer. Seine Mitstreiter waren Otto von Nordheim, Herzog von Bayern und Ekbert von Braunschweig. Sie wollten gemeinsam die Verwaltung des

Ruine der alten Barbarossapfalz

Reiches in ihre Hände bringen. Kaiserin Agnes und ihr zwölfjähriger Sohn hielten sich 1062 auf der Pfalz in Kaiserswerth auf. Sie luden Anno von Köln, Otto von Nordheim und Ekbert von Braunschweig zu einem Festmahl auf der Pfalz ein.

Um dorthin zu kommen, ließ sich Anno ein Schiff, das er mit besonderer Pracht, Gold, Silber, Gemälden und Schnitzarbeiten ausgestattet hatte, bauen. Während des Festmahls schwärmte er bei dem zwölfjährigen Heinrich vom Luxus des Schiffes. Heinrich wurde immer neugieriger, und als Anno ihm anbot, es zu besichtigen, stimmte er sofort zu. Auch seine Mutter hegte keinen Argwohn.

Kaum hatte Heinrich das Schiff betreten, wurde es von den Ruderknechten in die Mitte des Rheins gesteuert. Der junge König bekam große Angst und sprang in den Rhein. Leider konnte er gegen den reißenden Strom nicht ankommen. Aber es war auch nicht Annos Absicht, Heinrich zu töten. Er wollte ihn nur in Köln erziehen und dadurch die Macht im Reich haben. So sprang Graf Ekbert in den Rhein und brachte den Jungen auf das Schiff zurück.

Man konnte den Knaben beruhigen und nach Köln bringen. Gleichzeitig brachten die Entführer noch die Reichsinsignien in ihren Besitz: die Heilige Lanze, den Speer, mit dem der römische Soldat Longinus die Seite des gekreuzigten Christus durchbohrt hatte, sowie das Reichsschwert. Die zutiefst geschockte Kaiserin Agnes hatte nicht genug Tatkraft, gegen die Entführer vorzugehen. Sie nahm sie als Strafe Gottes hin und verlangte nur nach ihrem Schleier.

Durch diesen Staatsstreich hatte Anno tatsächlich die Regentschaft über das Reich erlangt. Anno wurde später sogar heiliggesprochen, denn durch häufiges Fasten härtete er seinen Leib ab, durchwachte die Nächte im Gebet und schritt barfuß durch die Kirchen, wie berichtet wird.

Heinrich IV. war ein hochintelligenter Junge, doch durch die schreckliche Erfahrung rücksichtslos geworden.
15-jährig wurde er in Worms auf einer feierlichen Fürstenversammlung für mündig erklärt. Es wird berichtet, dass die Erinnerung an den Tag in Kaiserswerth so im Bewusstsein des jungen Königs war, dass er das Erzbistum Köln und seinen Oberhirten Anno gern mit Krieg überzogen hätte. Jedoch gelang es seiner Mutter, ihn davon abzubringen.
Bekannt ist der Konflikt Heinrich IV., dem schon als Jungen Ungestüm und Rücksichtslosigkeit nachgesagt wurden, mit Papst Gregor VII. – der sogenannte Investiturstreit, in dem es darum ging, ob der deutsche König als Laie geistliche Ämter übertragen könne. Im Januar 1077 trat Heinrich den „Gang nach Canossa" an, um barfüßig und im Büßergewand die Lösung vom päpstlichen Bannfluch zu erbitten.
Um sich vorzustellen, wie Heinrich der IV. von der Kaiserpfalz entführt wurde, steigt man am besten die breite Treppe innerhalb der Pfalz hoch und schaut von oben auf den Fluss Richtung Süden, nach Köln. Bei der oft reißenden Strömung kann man erahnen, welchen Schock ein 12-Jähriger beim Sprung ins Wasser bekam und dass er diesen sein Leben lang nicht mehr vergaß.
Im Winter ist die Pfalz geschlossen, sodass empfohlen wird, auf dem Weg zwischen Pfalz und Rhein zu gehen und auf den Fluss zu schauen.

20

SPEE-EPITAPH

Stiftsplatz, Basilika Sankt Suitbertus

Der Vater von Friedrich Spee, dem bekannten Kämpfer gegen die Hexenverfolgung, war Burgvogt auf der Pfalz von Kaiserswerth. Am 25. Februar 1991, dem 400. Geburtstag von Friedrich Spee, wurde das Spee-Epitaph des Düsseldorfer Künstlers Bert Gerresheim eingeweiht. Es befindet sich an der äußeren Chorwand der Marienkapelle der Basilika St. Suitbertus.

Zentrale Darstellung ist Pater Friedrich Spee, der sich über eine „Hexe“ beugt, die in seinen Armen zusammenzusinken scheint. In der linken Hand hat Spee seine Kampfschrift gegen die Hexenprozesse, „Cautio Criminalis“. Mit dem Fuß zertritt er den „Hexenhammer“, eine Schrift der Dominikaner Sprenger und Institoris aus dem Jahr 1487, die Grundlage der Hexenprozesse in Deutschland wurde. Unter den Füßen der Verurteilten, die eine der etwa 200 Opfer war, denen Spee als Beichtvater beistand, befindet sich schon der Scheiterhaufen, an ihren Armen Handschellen, unter ihrer rechten Hand Folterwerkzeuge wie „Daumenblock“, „Gespickter Hase“ und Folterrad. Die Darstellung verweist auf das „Pietà-Motiv“, wobei die sogenannte Hexe, die Wundmale Jesu an Stirn und Händen tragend, die Stelle des verstorbenen Christus einnimmt.

Die schuldlos sterbende Hexe ist nach oben hin mit dem Heiligen Suitbertus und dem dornengekrönten Christus verbunden. Hinter Spees Schultern verläuft ein großer Bogen: beginnend mit Hakenkreuz, Judenstern, Verbrennungsöfen, den Guillotinen der Französischen Revolution, darüber dann fünf der insgesamt 26 Märtyrerkreuze von Nagasaki aus dem Jahr

1597, dem tragischen Ende der Japan-Mission. Auf der anderen Schulter befindet sich eine Predigtkanzel, geschmückt mit Dornenkrone und den Leidenswerkzeugen Christi. Die Kanzel steht auch für die Leiden, die durch die Kirche entstanden: Hexenlehre und Lehrverbot für Spee.

Rechts sehen wir Spees Gedichtsammlung „Trutznachtigal". Darunter befindet sich eine Laute mit einem Engelsköpfchen und das „Güldene Tugend-Buch", das Spee speziell für Frauengemeinschaften geschrieben hat. Die Bücher verweisen auf Spees geistige Heimat im Jesuitenorden. Die oberen Figurenreihen bezeichnen Vordenker oder geistige Nachfolger Spees. Es handelt sich um Ärzte, Juristen, Theologen und Spees Denken prägende Jesuiten.

Zwischen den beiden Reihen der Porträtbüsten ist ein Flachreliefstreifen über Spees Leben: Kaiserswerth, Spees Geburtsort mit Stiftskirche und Kaiserpfalz, Köln mit dem unfertigen Dom, wo Spee seine Gymnasialzeit verbrachte, und ein Kreuz als Symbol des Glaubens, Mainz, wo Spee studierte und die Priesterweihe empfing, dargestellt durch Dom, Jesuitenkolleg und seine Ordensbrüder, Trier, die römische Stadt, in deren Jesuitenkirche sich Spees Grab befindet . Davor sieht man Menschen, die mittelalterliche Strafverfahren wie Pranger und Schandmaske erleiden. Es ist sehr beeindruckend, sich etwas länger vor dieses Bild zu stellen und es zu erforschen, besonders im Hinblick darauf, dass Friedrich Spee in Kaiserswerth als Sohn des Burgvogts, des Verwalters der Burg, im Haus Stiftsplatz Nr. 11 geboren wurde und in der Stiftsschule seine ersten Schuljahre verbrachte.

◀ Das Spee-Epitaph

21

DIE GESCHUNDENE GRÄFIN

Schloss Kalkum – Kalkumer Schlossallee

Sophie Gräfin von Hatzfeld-Trachenberg wurde als Tochter eines preußischen Offiziers und Herren von Stand 1805 in Schlesien geboren. Aus Gründen der Familienräson wurde Sophie mit nur 16 Jahren mit ihrem Vetter Edmund von Hatzfeld-Wildungen verheiratet. Sie soll körperlich unentwickelt und geistig etwas zurückgeblieben gewesen sein. Ihr Mann Edmund von Hatzfeld war zur Zeit seiner Heirat mit der Gräfin von Nesselrode liiert und sah keinen Grund, das Verhältnis zu lösen. Er überließ die junge Frau in Kalkum sich selbst.

Um die Nachfolge zu sichern, schlief er pflichtgemäß zweimal halbjährlich mit ihr. Sonst aber betrog er sie ständig, misshandelte sie und nahm ihr zwei ihrer Kinder weg. Nur der jüngste Sohn Paul blieb bei ihr. Sie versuchte mit Hilfe ihrer Verwandten, sich von ihm zu trennen. Aber diese ließen sie im Stich, weil bei einer Scheidung vor einem Gericht über die Grausamkeiten und Unmenschlichkeiten ihres Mannes öffentlich hätte berichtet werden müssen. Um des Namens Hatzfeld wegen musste die arme Frau 20 Jahre dieses Martyrium ertragen. Die Familie versuchte zwar, die beiden zu versöhnen, aber letztlich hielt ihr Mann sie auf Schloss Kalkum wie eine Gefangene, ohne Kinder und ohne Besuch, selbst die Dienerschaft durfte ihren Befehlen nicht gehorchen.

Daraufhin setzte sich ihr Beichtvater mit einem Düsseldorfer Justizrat in Verbindung, um eine Scheidung in die Wege zu leiten. Eine Folge davon war, dass sie sich auf der Kasernenstraße eine Wohnung mieten konnte. Aber 1846 drohte Edmund von Hatz-

Das Wasserschloss ist ein attraktives Ausflugsziel für Radfahrer und Spaziergänger. ➤

feld, seinem 14-jährigen Sohn Paul den Unterhalt zu streichen, wenn er sich nicht von seiner Mutter trennen würde. Davon hörte Ferdinand Lassalle, als er 1846 nach Düsseldorf kam. Er, 20 Jahre alt, und Philosophiestudent, beschloss, für das Recht der Gräfin zu streiten und als Anwalt die Korruption und Verderbtheit des Adels aufzudecken.

Von 1848 bis 1856 wohnte er in ihrem Haus. Er stritt bei 36 Gerichten in sieben Jahren für Sophie von Hatzfeld, erreichte 1851 die Scheidung und 1853, dass sie einen Teil des Familienvermögens zugesprochen bekam. Sie betrachtete Lassalle als einen Ersatzsohn und hatte großen Einfluss auf ihn. So unterstützte sie schließlich Lassalles politische Ideen.

Sophie von Hatzfeld begleitete Lassalle auf seinen Vortragsreisen, bei denen er sich als Sozialist marxistischer Prägung für die Arbeiter einsetzte, durch ganz Deutschland. Sechs Mal musste Lassalle ins Gefängnis, wegen Aufhetzung zum Klassenhass oder Aufreizung gegen die Staatsgewalt. 1863 wurde der Allgemeine Deutsche Arbeiterverein in Leipzig gegründet, dessen Parteiprogramm Lassalle entworfen und zu dessen Präsident er für fünf Jahre gewählt wurde.

1864 starb Lassalle bei einem Duell in der Schweiz. Sophie von Hatzfeld fühlte sich als Hüterin des ihr eng verbundenen Mannes und seiner Ideen. 1867 kehrte sie von Berlin nach Düsseldorf zurück. Sie versuchte, den Düsseldorfer Arbeiterverein an sich zu ziehen. Jedoch im selben Jahr wurde ein zweiter Lassalle'scher Arbeiterverein gegründet. Damit zerfiel der erste und verlor an Bedeutung. Noch einige Jahre reiste sie durch Deutschland, um Lassalles Ideengut an die Arbeiter heranzutragen. Hierfür opferte sie einen großen Teil ihres Vermögens. Müde geworden, zog sie sich nach Wiesbaden zurück, wo sie 1881 im Kreise ihrer Kinder starb.

22

KAISERSWERTHER MENHIR

Zeppenheimer Weg

Der Kaiserswerther Menhir ist, von einigen Bodenfunden abgesehen, das älteste noch erhaltene Denkmal in Kaiserswerth. Er befindet sich am Zeppenheimer Weg. Es handelt sich um einen 1,70 Meter hohen Megalithen. Er stammt aus der Zeit von 2.000 bis 1.500 v. Chr. Auf dem Menhir befinden sich Kratzspuren, deren Alter und Herkunft unbekannt sind. Die Vermutungen reichen von Beschädigungen beim Umsetzen des Menhirs in den 1950er Jahren über mittelalterliche Versuche, Höhlungen für Kerzen oder Kruzifixe in den Stein zu schlagen, bis hin zum Zusammenhang mit Hinrichtungen, denn es war früher Brauch, die Verurteilten auf dem Weg zur Richtstätte an den Stein zu stoßen. Bis ins 20. Jahrhundert hinein erhielt sich die Sage, der auf dem „Fronberg" aufgerichtete, etwa 2,50 Meter hohe, spitzovale Stein aus Quarzit würde beim Einritzen bluten und sich nachts zur Geisterstunde oder beim Mittagsgeläut mehrfach im Kreis drehen. Wenn man vor dem großen Stein steht, sollte man schon seine Fantasie in Gang setzen und überlegen, was dieser Menhir schon alles gesehen hat.

IM NORDEN DÜSSELDORFS

Der Norden der Stadt wird besonders vom Nordfriedhof und dem ehemaligen Gefängnis in der Ulmenstraße geprägt. Auf dem Nordfriedhof sind viele berühmte Düsseldorfer wie Rosemarie Nitribitt, Friedrich-Karl Henkel, Ernst Barlach und Rose Ausländer in teilweise sehr prunkvollen Grabstätten beerdigt. Die „Ulmer Höh'", wie das Gefängnis heute noch genannt wird, war der Schauplatz vieler Hinrichtungen, auch der des Serienmörders Peter Kürten, dessen Taten Anfang des 20. Jahrhunderts ganz Düsseldorf schockierten.

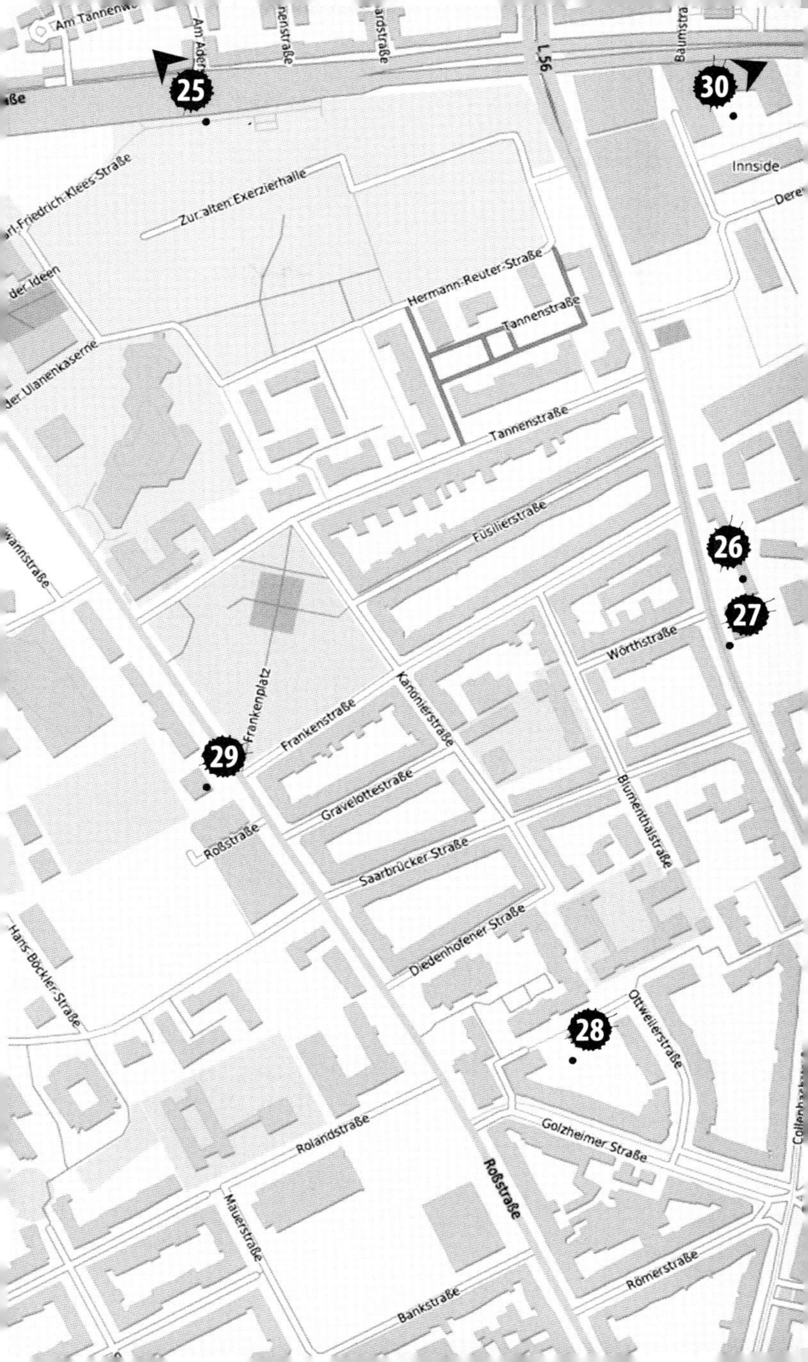
Am Tannenw
Am Ader
nenstraße
ardstraße
L 56
Baumstra
ße
25
30
Innside
Dere
rl-Friedrich-Klees-Straße
Zur alten Exerzierhalle
der Ideen
Hermann-Reuter-Straße
Tannenstraße
der Ulanenkaserne
Tannenstraße
Füsilierstraße
wannstraße
26
27
Wörthstraße
Frankenplatz
Kanonierstraße
Frankenstraße
29
Gravelottestraße
Blumenthalstraße
Roßstraße
Saarbrücker Straße
Hans-Böckler-Straße
Diedenhofener Straße
Ottweilerstraße
28
Golzheimer Straße
Rolandstraße
Roßstraße
Mauerstraße
Römerstraße
Bankstraße

Nichts
Besseres
darin ist
denn
fröh-
lich
sein
im
Le-
ben
Rosemarie
Nitribitt
1.2.1933
1.11.1957

ROSEMARIE NITRIBITT

Nordfriedhof

Hier gibt es „eine schöne Leich", wie die Österreicher das so gut ausdrücken. Zu ihrem Grab gehen oft die Besucher: Rosemarie Nitribitt. Wer hätte gedacht, dass dieses Kind aus einfachster Herkunft einmal die junge Bundesrepublik derartig in Aufregung versetzen könnte?

Ihr Geburtsname war Rosalie Marie Auguste Nitribitt, geboren am 1. Februar 1933 in Düsseldorf, gestorben am 29. Oktober 1957 in Frankfurt am Main. Rosemarie, wie sie sich später nannte, kam als uneheliche Tochter zur Welt und wuchs, wie ihre beiden Halbschwestern, in ärmlichen Verhältnissen bei ihrer Mutter in Düsseldorf und Ratingen auf. Die Mutter musste mehrere Freiheitsstrafen verbüßen. Rosemarie wurde mehrmals in ein Kinderheim eingewiesen, wo sie als schwer erziehbar galt und mehrfach ausriss. Schließlich kam sie in eine Pflegefamilie. Dort wurde Rosemarie im Alter von elf Jahren von einem deutschen Soldaten vergewaltigt. Die Tat wurde den Behörden nie bekanntgegeben, der Täter nie zur Rechenschaft gezogen. Schon als Heranwachsende verdiente sie ihr erstes Geld mit Prostitution. Später zog sie nach Koblenz und anschließend nach Frankfurt am Main, wo sie – immer noch minderjährig – als Kellnerin und Mannequin arbeitete, bald aber wieder als Prostituierte. Sie wurde aufgegriffen und erneut in ein Erziehungsheim eingewiesen, aus dem sie bald wieder ausriss.

Sie wollte etwas aus sich machen und gab sich große Mühe, ihre einfache Herkunft zu verbergen, lernte Englisch und Französisch und belegte Kurse für gutes Benehmen. Die

◀ Der Grabstein von Rosemarie Nitribitt

„Nitribitt“ muss eine große Anziehungskraft gehabt haben. Ein Verehrer schenkte ihr sogar einen Opel Kapitän, der damals ein außergewöhnlicher Besitz für eine junge Frau war. Andere Verehrer luden sie zum Urlaub ans Mittelmeer ein. Nach ihrem Tod wurde geschätzt, dass sie bis zu 100.000 DM jährlich verdiente. Furore machte sie in einschlägigen Kreisen, als sie sich einen schwarzen Mercedes 190 SL Cabriolet zulegte und damit auf Freiersuche ging. Das machte sie in der Mainmetropole bekannt. Sie erhielt Zutritt zu gehobenen Kreisen: Rechtsanwälten, Ärzten, Unternehmern. Sie wurden ihre Freier, die sie in ihrer Frankfurter Wohnung empfing. Über ihre Kundschaft führte sie Buch. Rosemarie Nitribitt wurde schnell Deutschlands berühmteste „Lebedame“. Es kursierten Gerüchte über hochrangige Kunden Nitribitts aus dem Bonner Politikbetrieb.

Am 1. November 1957 wurde Rosemarie Nitribitt mit einer Platzwunde am Kopf und Würgemalen am Hals tot in ihrer Wohnung in Frankfurt am Main aufgefunden, vermutlich etwa drei Tage nach ihrem Tod. Die Kriminalpolizeit findet Kampfspuren in der Mordwohnung, aber Schmuck, Pelze und auch Bargeld waren noch vorhanden. Also kein Raubmord? In ihrer Wohnung wurde auch das Notizbuch gefunden, in dem sie die Namen ihrer Kunden eintrug. Die Kriminalpolizei hielt die Namen geheim, es sollen über 100 Freier gewesen sein.

Da der Mordfall nicht aufgeklärt werden konnte, wurde in manchen Medien der Eindruck erweckt, dass bestimmte Kreise aus Wirtschaft und Politik die Aufklärung zu verhindern suchten. Akten verschwanden spurlos. Unerklärliche Ermittlungspannen der Polizei nährten den Verdacht einer planmäßigen Vertuschung. Die Beamten machten zahlreiche Fehler. Nitribitt wurde auf dem Nordfriedhof in Düsseldorf beigesetzt. Aber auch dies war ein Skandal! Die damals 24-jährige Edelprostituierte Rosemarie Nitribitt wurde 1957 auf dem Nordfriedhof ohne ihren Kopf beigesetzt – nur ihr Körper. Sie war keine Mörderin, sondern das Opfer eines Mordes. Eine würdevolle Bestattung stand ihr zu.

Ihren eingeschlagenen Schädel stellte die Frankfurter Polizei Jahrzehnte lang als Anschauungsobjekt für angehende Kriminalbeamte im Kriminalmuseum in Frankfurt aus. Nachdem Nitribitts Halbschwester sich Presseberichten zufolge lange vergeblich für die Beerdigung der letzten sterblichen Überreste eingesetzt hatte, gab die Staatsanwaltschaft Frankfurt am Main schließlich den Schädel frei. Jedoch fehlte der Schwester das Geld für die Verlängerung des Grabs, die Überführung und Bestattung. Spender kamen deshalb für die Überführung des Kopfes und Beisetzung sowie die Verlängerung der Grab-Nutzungsdauer auf. Die Beisetzung fand im Februar 2008 statt – 51 Jahre nach der Beerdigung ihres Körpers.

Das Grab von Rosemarie Nitribitt auf dem Nordfriedhof ist sehr bekannt. Jeder Friedhofsmitarbeiter kann den Weg dahin weisen.

24

LUDWIG VON MILEWSKI – REVOLUTIONÄR UND HELD

Golzheimer Friedhof

In den ersten Monaten des Jahres 1848 greift die revolutionäre Bewegung, von Frankreich kommend, auf Düsseldorf über. Als eine der ersten Gruppen schließt sich ein Teil der Künstlerschaft unter Leitung Ludwig von Milewskis den Revolutionären an. Forderungen nach Pressefreiheit und Einrichtung eines Schwurgerichts werden laut; eine Bürgerwehr formiert sich unter der Leitung von Lorenz Cantador. Am 7. Mai 1848, kurz nach den Wahlen zur Frankfurter Nationalversammlung, tritt der Oberbürgermeister von Düsseldorf, Josef von Fuchsius, der der Situation nicht mehr gewachsen war, von seinem Amt zurück.

Am 14. Mai kommt es beim Besuch König Friedrich Wilhelm IV. in Düsseldorf zum Eklat: Der preußische Monarch wird bei seiner Fahrt durch die Stadt von der aufgebrachten Bevölkerung wüst beschimpft und mit Pferdekot beworfen. Friedrich Wilhelm IV. lehnte die ihm von der Frankfurter Nationalversammlung angebotene Kaiserkrone entschieden ab und löste, als die Zweite Kammer sich für die Reichsverfassung aussprach, diese einfach auf.

Diese Auseinandersetzungen lösten einen schweren Konflikt aus. In mehreren Versammlungen in der Stadt, auch in überörtlichen Veranstaltungen im Rheinland wurde immer wieder die Forderung erhoben, die Reichsverfassung anzuerkennen. Am 9. Mai weigerten sich Düsseldorfer Landwehrmänner, der Einberufung durch die derzeitige Regierung zu folgen und schlossen sich damit einer provinzweiten Aktion an, zu deren Zentrum inzwischen Elberfeld geworden war. Als gegen Abend

Ludwig von Milewskis Grab auf dem Golzheimer Friedhof ➤

die Nachrichten vom Einsatz des Militärs in Elberfeld bekannt wurden, strömten in der Altstadt von Düsseldorf erregte Volksmassen zusammen. Da die Menge erfuhr, dass es in Elberfeld zu Kämpfen gekommen war, errichtete sie gegen das inzwischen alarmierte Militär Barrikaden in den Altstadtstraßen.

Als die Soldaten gegen sie vorgingen, wurden diese so verbissen verteidigt, dass die Truppe Artillerie einsetzen musste. Dem waren die Revolutionäre nicht gewachsen. Am nächsten Morgen war das Militär vollständig Herr der Lage, 14 Menschenleben hatte der nächtliche Kampf gekostet. Darunter waren fünf völlig Unbeteiligte. Das Militär hatte Rache genommen. Sicherlich hat bei der Härte, mit der das Militär vorging, der Umstand, dass das erste Opfer, das die Revolution in Düsseldorf gefordert hatte, ein Soldat war, eine Rolle gespielt.

Unter den im Kampf gefallenen Zivilisten waren überwiegend Düsseldorfer, aber auch ein Holländer, ein Schweizer und der aus Kalisch in Polen stammende 23-jährige Maler Ludwig von Milewski. Er galt als einer der Aufwiegler, hatte besonders tapfer gekämpft und wurde danach wie ein Held gefeiert. Ein gedichteter Nachruf auf ihn mit seinem Bild, das ihn im Sarg liegend darstellte, wurde sogar als Stich verbreitet. Vor das Grab Ludwig von Milewskis im zweiten Teil des Golzheimer Friedhofs kann man sich stellen und bedenken, wie der Künstler für die Revolution in Deutschland gekämpft hat.

ALBERT LEO SCHLAGETER

Golzheimer Heide

Albert Leo Schlageter wurde 1894 in Schönau im Schwarzwald geboren und starb am 26. Mai 1923 auf der Golzheimer Heide in Düsseldorf. Er war Soldat im Ersten Weltkrieg und Angehöriger verschiedener Freikorps sowie Mitglied der NSDAP-Tarnorganisation „Großdeutsche Arbeiterpartei". Während der französisch-belgischen Ruhrbesetzung war er militanter Aktivist und wurde wegen Spionage und mehrerer Sprengstoffanschläge vor einem französischen Militärgericht durch Erschießen zum Tode verurteilt und hingerichtet.

Schlageter wurde in der Weimarer Republik nach seiner Hinrichtung nicht nur von rechten Kreisen zur Märtyrerfigur erhoben. Er hatte über Parteigrenzen hinweg Sympathien. Im Nationalsozialismus machte die Propaganda aus ihm den „ersten Soldaten des Dritten Reiches" und begründete einen Schlageter-Kult. Jedoch wurde seine NSDAP-Mitgliedschaft immer wieder bezweifelt.

Die paramilitärischen Saboteure waren im Ruhrgebiet extrem unwillkommen. Die Bevölkerung lehnte ihre Aktivitäten ab, weil die Besatzungsmächte auf Sabotageakte in der Regel mit scharfen Repressionen reagierten und weil der Sinn solcher Aktionen nicht eingesehen wurde. Schon Zeitgenossen schätzten den Sinn des aktiven Widerstands als gering ein.

Schlageter bezeichnete sich in einem Kassiber vom 14. April 1922 als Leiter einer Sprengung bei Kalkum am 15. März und beim Bahnhof Essen-Hügel am 12. März. Bei Kalkum soll er auf der Linie Duisburg-Düsseldorf eine Eisenbahnbrücke gesprengt haben. Die Angaben

DEN OPFERN IM
VERMISSTEN UND

über die Schäden sind widersprüchlich. Einige sprachen von einer Unterbrechung der Verbindung für mehrere Tage, andere nur vom leichten Verbiegen der Eisenträger. Menschen wurden nicht in Mitleidenschaft gezogen.
Nach dem Anschlag bei Kalkum gab es Zeugenaussagen, die am 5. April zur Fahndung nach einem Albert Leo Schlagstein oder Schapeten führten. Schlageter verhielt sich nicht sehr verschwörerisch. Er übernachtete vor dem Anschlag in einem Hotel in Kaiserswerth unter seinem richtigen Namen. Noch am Tag seiner Verhaftung stieg er auch unter seinem Namen im Essener Union-Hotel ab. Hier wurde er am 7. April von Beamten der französischen Polizei verhaftet. Er soll verraten worden sein und am Tag seiner Verhaftung angetrunken und mit einer Frau zusammen gewesen sein. Diese fand im Hotelzimmer Schlageters einen Koffer mit Sprengkörpern und soll dies der Polizei mitgeteilt haben.
Schlager wurde mit mehreren Mittätern der Bildung einer kriminellen Vereinigung der Spionage mit dem Ziel von Attentaten und vier Sprengungen angeklagt. Am 9. Mai verurteilte ihn ein französisches Militärgericht in Düsseldorf zum Tode. Das Todesurteil und seine drohende Vollstreckung riefen bei der deutschen Öffentlichkeit große Anteilnahme und Interesse hervor. Schlageter lehnte die Stellung eines Gnadengesuchs ab. Schlageter war der einzige Attentäter aus dem sogenannten aktiven Widerstand, der wegen terroristischer Aktivitäten hingerichtet wurde.

◀ An dieser Stelle befand sich das Denkmal für Schlageter. Heute kann man dort der Toten des Zweiten Weltkriegs gedenken.

26

PETER KÜRTEN

Ulmenstraße, früheres Gefängnis

Kürten wurde am 26. Mai 1883 in Mülheim bei Köln geboren. Seine anormalen Verhaltensweisen zeigten sich schon sehr früh. Im Alter von fünf Jahren fing er an zu töten, indem er zwei Welpen in einem Bach ertränkte. 1913 verübte er seinen ersten Mord an der neunjährigen Christine Klein, die er bei einem Einbruch in ein Wohnhaus schlafend vorfand. Er schnitt ihr zur sexuellen Befriedigung – wie er später zugab – den Hals durch.

Bei einem sechsjährigen Zuchthausaufenthalt wegen mehrerer Diebstähle erweiterte er seine Bildung, indem er Unterhaltungsliteratur las und auch Sachbücher über Geisteskrankheiten. Danach lebte er unauffällig in Thüringen und heiratete 1923. Er zog 1925 mit seiner Frau nach Düsseldorf.

Am 2. Februar 1929 gegen 21 Uhr stach Peter Kürten in der Berthastraße in Düsseldorf-Gerresheim auf eine einsame Passantin mit einer Schere so heftig ein, dass die Scherenspitze unter der Kopfhaut des Opfers stecken blieb. Durch die Tat empfand er Befriedigung. Er floh von der Tatstelle und ließ die Schere nachschleifen. Er wartete nicht lange und suchte ein weiteres Opfer zur Befriedigung seiner sexuellen Erregung. Am 9. Februar 1929 traf er ein neunjähriges Mädchen namens Olga, das seinen Nachhauseweg nicht fand. Er würgte das Mädchen bis zur Ohnmacht und stach ihm dann mit einer Schere in Schläfe und Brust. Er verbrannte die Leiche.

Schon ein paar Tage später ermordete er einen stark angetrunkenen Invaliden und versuchte, aus dem Hals des Ermordeten einen Blutstrahl aufzufangen. Der nächste Mord

Zeitungsseite zur Berichterstattung zum Fall des Massenmörders Peter Kürten ➤

Nr. 16. Wien, Sonntag, 19. April 1931. XXXVI. Jahrgang.

V. Chiavacci's

Wiener Bilder

Illustrierte Wochenschrift

Bezugsbedingungen: für Oesterreich viertelj. ö. S. 6·—, einzelne Nummern ö. g. 50. Für Deutschland viertelj. M. ·80, einzelne Nummern 30 Pfennige. Für Ungarn viertelj. Pengo 4·80, einzelne Nummern 40 Filler. Für die Tschechoslowakei viertelj. Kč. 27·60, einzelne Nummern Kč. 2·30. Für Jugoslawien viertelj. Dinar ·—, einzelne Nummern Dinar 5·—. Für Polen viertelj. zloty 8·40, einzelne Nummern groszy 70. Für Italien viertelj. Lire 24·—, einzelne Nummern Lire 2·—. Für Rumänien viertelj. Lei 192·—, einzelne Nummern Lei 16·—. Für das sonstige Ausland viertelj. Schweizer Francs 6. Redaktion und Administration: Wien, III., Rudengasse 11. Telephon: U-13-5-30 bis U-13-5-32.

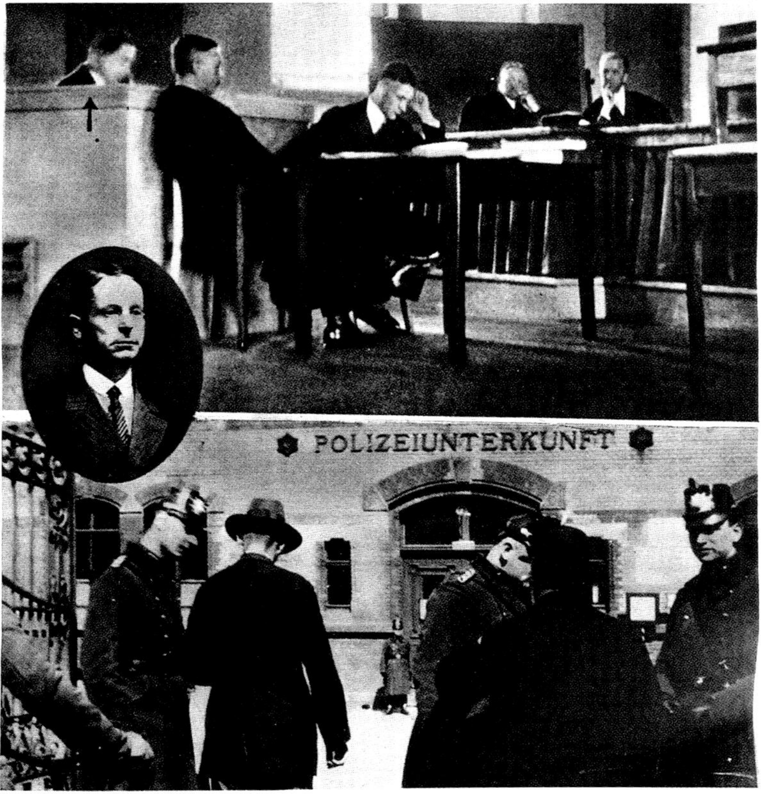

Der Massenmörder von Düsseldorf, Peter Kürten, vor Gericht.

Oben: Ein Blick in den Verhandlungssaal; in dem Verschlag links der Angeklagte Kürten, vor ihm sein Verteidiger. Im Oval: Peter Kürten. Unten: Die strenge Kontrolle vor dem Eingang des Polizeigebäudes, in welchem der Prozeß verhandelt wird.

fand erst ein paar Monate später statt. Am Hansaplatz in der Nähe des Zooviertels setzte er sich am 8. August 1929 zu der Hausangestellten Maria Hahn auf eine Bank und verabredete sich mit ihr für den nächsten Sonntag, den 11. August. Er führte sie in einen Wald, wo er sie würgte und mit der Schere auf sie einstach, dann trank er ihr Blut aus den Halswunden.

Am 24. August tötete er zweimal. In der Nähe der Kirmes auf einem Feldweg in Düsseldorf-Flehe sah er zwei Kinder. Er schickte die dreizehnjährige Luisa Lenzen, ihm Zigaretten zu holen. Als er mit der nur fünfjährigen Gertrud Hamacher allein war, schnitt er diesem kleinen Mädchen den Hals durch. Als ihre Freundin Luise zurückkam, versetzte er ihr mehrere tödliche Dolchstiche. Am nächsten Tag kehrte er zum Tatort zurück, um die öffentliche Erregung mitzubekommen.

Sein nächstes Opfer war wieder eine Hausangestellte. Am 29. September 1929 sprach er Ida Reuter am Hauptbahnhof an und fuhr mit ihr per Straßenbahn zu einem Pappelwäldchen in Oberkassel. Dort schlug er sie mit einem Hammer tot. Am nächsten Morgen beobachtete er die Tatortarbeit der Polizei.

Am 11. Oktober 1929 sprach er abends auf der Graf-Adolf-Straße die junge arbeits- und wohnungslose Elisabeth Dörier an, lud sie zu einem Bier ein und fuhr mit ihr mit der Straßenbahn zum Ostpark. In der Nähe traktierte er sie mit Hammerschlägen auf den Kopf. Sie wurde am nächsten Morgen sterbend gefunden.

Seinen letzten Mord verübte Peter Kürten am 7. November 1929, wieder an einem Kind. Auch hier trank er etwas Blut. Danach ließ er vom Töten ab. Nach ärztlichen Gesichtspunkten war er ein Kranker. Wegen seines Blutdurstes bekam er von der Presse den Beinamen „Der Vampir von Düsseldorf". In der Stadt breitete sich angesichts der Erfolglosigkeit der Ermittlungen eine beispiellose Hysterie aus.

Ein falsch zugestellter Brief brachte die Polizei auf die richtige Spur. Darin berichtete die junge Marie Butlies, dass sie dem Täter entkommen konnte. Am 24. Mai 1930 wurde der an der Mettmanner Straße wohnende arbeitslose Kürten am Rochusmarkt verhaftet, nachdem seine Frau ein Treffen mit ihm der Polizei verraten hatte. Zwei überlebende Opfer, Gertrud Schulte und Marie Butlies, identifizierten ihn. Daraufhin legte Kürten noch am selben Tag ein umfassendes Geständnis ab. Kürten gestand, aus Gier nach sexueller Befriedigung gemordet zu haben. Er berichtete überdies Welpen ertränkt, mit Hunden Geschlechtsverkehr gehabt und zahlreiche Brandstiftungen begangen zu haben. Er wurde am 22. April 1931 wegen Mordes neun Mal zum Tode und zu 15 Jahren Gefängnis für sieben Mordversuche verurteilt. Im Juli wurde Kürten im Kölner Gefängnis Klingelpütz mit dem Fallbeil hingerichtet und nach der Hinrichtung ohne Kopf bestattet. Sein mumifizierter Kopf gelangte nach dem Zweiten Weltkrieg in die Vereinigten Staaten und ist heute als Exponat im Museum „Ripley's Believe It or Not!" in Wisconsin zu besichtigen.

Wenn man vor dem ehemaligen Gefängnis Ulmer Höh' steht, kommt man nicht umhin, an diesen grauenhaften Mörder zu denken, der eine ganze Stadt in Angst und Schrecken versetzte.

27

ULMER HÖH'

Ulmenstraße

Die Justizvollzugsanstalt Düsseldorf ist ein Untersuchungsgefängnis des nordrhein-westfälischen Justizministeriums in Ratingen im Kreis Mettmann. Von 1893 bis zum Februar 2012 befand sich das Gefängnis in Düsseldorf-Derendorf. In der Häftlings- und Umgangssprache wurde der Standort aufgrund seiner Lage in der Ulmenstraße 95 und der leicht erhöhten Lage als „Ulmer Höh'" oder auch kurz als „die Ulm" bezeichnet.

Das etwa 2,2 Hektar große Areal lag Ende des 19. Jahrhundert noch außerhalb einer dichten Besiedlung. Das Gefängnis wurde ab 1889 auf einer Anhöhe errichtet und 1893 eröffnet. Ob es sich bei der Anhöhe um einen ehemaligen Hinrichtungsplatz handelt, ist nicht belegt. Das Zuchthaus wurde nach modernen Gesichtspunkten als preußisches Zellengefängnis errichtet.

In der Zeit von 1892 bis 1934 sollen acht Hinrichtungen wegen Mordes erfolgt sein. Eine Reihe historischer Rechtsfälle und viele Begebenheiten der Geschichte der Stadt Düsseldorf sind mit der Ulmer Höh' verknüpft, so die Mordserie von Peter Kürten, die Verfolgung politischer Gegner während der Zeit des Nationalsozialismus, die Maidanek-Prozesse oder die RAF-Prozesse der 1970er Jahre.

Da die Gefangenen inzwischen in einem neuen Gefängnis untergebracht wurden, wird überlegt, was mit diesem alten Gefängnis geschehen soll. Zuletzt gab es Ausstellungen von Künstlern. Außerdem gab es den Vorschlag, hier Wohnungen einzurichten – eine allerdings etwas gruselige Idee!

Der Galgen war noch bis in die Anfänge des 20. Jahrhunderts eine beliebte Hinrichtungsart. ➤

28

DIE LETZTE ÖFFENTLICHE HINRICHTUNG DER STADT

Ottweilerstraße hinter der Herz-Jesu-Kirche

Die letzte öffentliche Hinrichtung am Galgen der Derendorfer Geisten fand am 16.06.1803 statt. Gehenkt wurden die Räuber Ruben Simon, Peter Haas und Peter Nagel. Die „Jülich- und Bergischen wöchentlichen Nachrichten" vom 29. Juni 1802 berichteten wie folgt:

Kriminalverurteilung

Wegen des in der Nacht vom 11. auf den 12. August 1801 beim Kaufmann Peter Diethrich Kölver zu Velbert durch eine zum Teil bewaffnete Bande verschworener Missetäter unter den gefährlichsten Gewalttaten und Drohungen und zugleich noch mit ungewöhnlicher Bosheit in aufruhrähnlichen Nebenvorgängen mannigfaltiger Art verübten Einbruchs und Diebstahls im Wert von mehr denn 2.000 Reichtaler geschätzt, sind folgende drei Inquisiten gemäß eigener in den Umständen wahr befundener Geständnisse schuldig erklärt worden.

Ruben Simon, 32 Jahre alt, Jude, aus Lindheim in der Wetterau unweit Frankfurt, Johann Peter Haas, 33 Jahre alt, katholisch, aus dem Dorf Rodder oberhalb von Bonn und Peter Nagel, 28 Jahre alt, katholisch, aus Köln gebürtig: alle 3 Vagabunden.

Ersterer, der auch noch einer anderen groben Missetat beschuldigt ist, hatte der Verschwörung beigewohnt; hiernächst die von der Bande verübten Gewalttaten durch Wache haltend und Abfeuern einer von ihm selbst geladenen Pistole wissentlich unterstützt; und zuletzt von der

Beute, bei deren Verteilung unter die Räuber, seinen Anteil mit erhalten.
Der zweite war zugegen, da die stark verwahrte Haustür des Beraubten mit einem Baum aufgesprengt wurde; und beteiligte sich an den Missetaten durch die Annahme von Stricken, Erwägung wilden Getöses, Durchsuchung der Schränke und weiter dadurch, dass er nach vollbrachter Tat seinen Anteil vom Raub mit bezog. Er war noch geständig, sich an anderen Diebstählen beteiligt zu haben, und war dieserhalb schon anderwärts bestraft worden.
Der Dritte – noch anderer schwerer Verbrechen und insbesondere des dem Prediger Engel zu Wald im Jahr 1800 widerfahren fürchterlichen Raubes halber berüchtigt – war wissentlich mit den übrigen Verschworenen auf den Velberter Raub ausgegangen, hatte mit dem Baum die Haustür forcieren helfen; und hiernächst ebenfalls von dem Geraubten seinen Anteil erhalten.
Alle drei sind auf das, bei hiesiger Justizstelle bestätigte, Urteil des Schöffenstuhls zur Hinrichtung mit dem Strang verurteilt worden.
Düsseldorf, den 12. Juni 1802.
Kurfürstlicher Fiskalhofrath
Freiherr von Ritz.

Bei einem Ausflug zum Nordfriedhof kann auch an das früher nicht weit entfernte Hochgericht und an die drei hingerichteten Räuber erinnert werden.

29

GALGEN IN DÜSSELDORF

Roßstraße

Düsseldorf erhielt am 16. August 1371 das Recht zur „Ausübung der peinlichen Gerichtsbarkeit“ und zur Errichtung eines Galgens. Die Schiffer, die Düsseldorf verließen, um den Strom hinabzufahren, sahen kurz vor Golzheim einen Ort des Schreckens und Grauens. Nicht weit vom Ufer des Rheins, vermutlich auf einem Hügel, den es jetzt nicht mehr gibt, erhob sich zwischen der Windmühle und dem Dorf Golzheim das städtische Hochgericht, der Galgen, der umgeben war von anderen Werkzeugen der strafenden Gerichtsbarkeit.

Um abschreckend zu wirken, wurde das Hochgericht fast überall an sichtbarer Stelle aufgestellt. Aber das gewünschte Grauen wurde oft nicht erreicht, da die Menschen durch die tägliche Gewöhnung abgestumpft waren und die Schiffer oder Wanderer dieses Bild allzu oft sahen. So gab es in der Nähe drei weitere Hochgerichte – bei Linn, Uerdingen, bei Kaiserswerth.

Später wurde das Düsseldorfer Hochgericht verlegt. Es wurde befürchtet, dass bei Hochwasser auch das Dorf Golzheim überschwemmt wurde und die Wahrzeichen der Kriminalgerichtsbarkeit in den Fluten untergehen könnten. Der neue Standort etwa ab 1630 war in der Nähe des Wehrhahns, zwischen Jägerhof und Düsseltal, in der Nähe des Schillerplatzes, vielleicht auch bei den jetzigen Bahngleisen.

Das Hochgericht blieb anderthalb Jahrhunderte an dieser Stelle. Kurfürst Johann Wilhelm II. ließ am Wehrhahn, wahrscheinlich an der Ecke der heutigen Wielandstraße, ein großes steinernes Kruzifix errichten. Hier sollte der beglei-

Geistliche eine Ansprache an den zum Tode Verurteilten und an die niemals fehlende Volksmenge richten.

Wegen der fortscheitenden Bebauung dieser Gegend wurde 1774 die Versetzung des Galgens befohlen. Diesmal kam das Hochgericht nach Derendorf etwa auf die Höhe hinter der Herz-Jesu-Kirche. Hier stand der Galgen bis zur französischen Besatzung. Die Franzosen befahlen die Entfernung des Galgens. Er musste durch die Guillotine ersetzt werden.

Kaum waren die Franzosen nach der Besatzungszeit abgezogen, wurde von der alten Regierung im Mai 1802 die Anfertigung eines neuen Galgens mit drei Pfählen, einem Schwert, einem Brandrad und einem hölzernen Pranger in Auftrag gegeben. An diesem wiederhergestellten Hochgericht wurden bald die ersten Missetäter hingerichtet. 1811, unter der Herrschaft Napoleons wurde der Galgen erneut durch die Guillotine ersetzt. Sie wurde 1814 bei der Jahresfeier der Völkerschlacht bei Leipzig verbrannt.

Einen eigenen Scharfrichter hatte Düsseldorf nicht. Der Träger des roten Mantels wohnte in Ratingen und war für das ganze Herzogtum Berg zuständig. Er trat auch gelegentlich als Wundarzt auf. Das Amt des Scharfrichters wurde über Generationen innerhalb der Familie vererbt. Es war mit Schmach und Entehrung verknüpft. Da ihm jede einzelne „Leistung" gesondert gezahlt wurde, nahm er, um sich Wege und Mühe zu sparen, mindestens sechs Hinrichtungen an einem Tag vor.

Weil man glaubte, Hinrichtungen würden auf das Volk eine abschreckende Wirkung haben, wurden sie öffentlich vorgenommen. Die Gehenkten blieben zur Abschreckung drei bis vier Wochen hängen. Der Geruch verpestete die ganze Gegend. Von der abergläubischen Bevölkerung wurde der unheimliche Ort gemieden.

30

VERURTEILUNGEN IM HERZOGTUM JÜLICH-BERG

Ratingen

Im alten deutschen Recht waren Haftstrafen weitgehend ungebräuchlich, zum guten Teil aus praktischen Gründen. Einen Straffälligen hinzurichten machte weit weniger Mühe als seine Verwahrung. Ganz ließ sich ein Gefängnis allerdings nicht entbehren, da es für die Untersuchungs- und die Beugehaft benötigt wurde. Als Haftlokale dienten die Türme. Für leichtere Vergehen scheint es auch eine Haft in den Räumen oberhalb der Stadttore gegeben zu haben.

Unter der Herrschaft Johann Wilhelm II. und seines Nachfolgers Karl Philipp gab es zunehmend Schöffengerichte, die aus römisch-rechtlich gelehrten Stadtbediensteten zusammengesetzt wurden. In Bekräftigung des angewendeten Inquisitionsverfahrens nach der „Peinlichen Halsgerichtsordnung" Karls V., der ‚Constitution Criminalis Carolina', wurde mit wenigen Neuerungen die ‚Bergische Kriminalgerichtsordnung' eingeführt. Der jeweilige Beschluss musste dem Vorsitzenden des Schöffengerichts mit den Unterlagen zugeleitet werden, damit dort das eigentliche gerichtliche Inquisitionsverfahren beginnen konnte. Auf Anordnung wurde der Täter von seiner Haftstelle überführt. Dies geschah durch Schützenbrüder, die auch die Bewachung der Gefangenen übernahmen.

Die Anhörung des Angeklagten musste aufgrund schriftlich vorformulierter Fragen durchgeführt werden. Verteidiger waren möglich, hatten sich jedoch – zumindest bei Hexenprozessen – nach den Vorgaben des „Hexenhammers" zu hüten, „dem Glauben ein Ärgernis und der Gerechtigkeit Schaden zuzufügen". Die Zustellung der Akten an das Schöffengericht zur Abfassung des „peinlichen Urteils" folgte sogleich. Leugnete der Angeklagte, wurde er dem Scharfrichter vorgestellt. Dieser zeigte ihm zunächst die Marterwerkzeuge. Die eigentliche Folterung begann dann mit einer Brennung unter den Achseln. Weitere Foltermaßnahmen folgten. Bei einem Geständnis wurde sofort abgebrochen.

Üblich waren das Anlegen von Daumenschrauben und sogenannter „Spanischer Stiefel", welche bis zum Knochenbruch festgeschraubt wurden. Bei allen Foltergraden wurden häufig dem Angeklagten brennende Lunten hinter die Ohren gesteckt. Es war eine große Ausnahme, wenn keine Geständnisse erzielt wurden.

Alle außer durch Feuer Hingerichtete und sogar enthauptete Adelige wurden bis zum Abfaulen an den Galgen gehängt und dann auf dem Richtplatz verscharrt. Diebe wurden aufgeknüpft, Räuber enthauptet, gewalttätige Einbrecher gerädert und enthauptet. In besonders schweren Fällen wurde der Verurteilte in schimpflichster Weise rückwärts auf einem Schlitten zur Richtstätte geschleift und sein Kopf nach der Exekution auf eine Stange gespießt.

Wer seine Opfer mit heißem Öl oder brennbaren Materialien gequält hatte, bekam die Hand vor der Räderung in einen „verpichten" Handschuh gesteckt. Der Handschuh wurde dann für die Dauer von genau zwölf Minuten in Brand gesetzt. Dann wurde die Hand mit einem Beil abgehauen. Die Brandhinrichtung auf dem Scheiterhaufen war „Hexen" und Kirchenräubern vorbehalten, sie wurde letztmalig 1770 in Düsseldorf an zwei Räubern praktiziert. Über Generationen hinweg – vom 15. Jahrhundert bis zum 31. Dezember 1812 – wurde die vielseitige und schaurige Tätigkeit des Scharfrichtens im gesamten Bergischen Herzogtum durch die Ratinger Henkersfamilie Mosler ausgeführt.

Peinliche Halsgerichtsordnung

Die Blutgerichtsbarkeit, auch Recht des Schwertes, Halsgerichtsbarkeit, Grafschafts- oder Vogteirecht, war im Mittelalter im Heiligen Römischen Reich die peinliche Gerichtsbarkeit. „Peinlich" bezieht sich auf das lateinische „poena" – „Strafe".

Sie richtete über Taten, die mit Verstümmelungen oder mit dem Tode bestraft werden konnten, also „blutige Strafen" waren – „straffen biss ann das blut" also oder „straffen, so an das blut gandt und das läben kostendt".

Unter die hohe Halsgerichtsordnung fielen Delikte wie Raub und Mord, Diebstahl, sexuelle Belästigung, Notzucht (Vergewaltigung), homosexueller Geschlechtsverkehr, Hexerei oder Zauberei und Kindesmord. Die Hinrichtungsformen bei einem Urteil unterschieden sich jeweils nach dem Verbrechen – zum Beispiel stand auf Kindesmord das Ertränken, für Notzucht der Feuertod oder für Mord das Rädern – sowie nach der Person des Verbrechers. Die Hinrichtung durch Enthaupten war beispielsweise lange Zeit als „privilegierte" Hinrichtungsmethode dem Adel vorbehalten.

Bei Straftaten, die durch Verstümmelung gesühnt werden sollten, gab es unterschiedliche Strafformen, wie das An-den-Pranger-Stellen, Abschneiden oder Anschneiden von Körperteilen (zum Beispiel Ohren, Zunge), „Schwemmen" (durch das Wasser ziehen), Auspeitschen oder Brandmarken. Bei Straftaten wie Beleidigungen oder Raufereien blieben die niederen Gerichte zuständig, die „nur" auf Geldbußen, Gefängnishaft, Ehrlosigkeit oder Verbannung erkennen durften.

In der Regel wurden vor allem (besitzlose) Landstreicher, Kleinkriminelle und Menschen aus der sozialen

Unterschicht zum Tode verurteilt. Das Todesurteil wurde dann oft in der Öffentlichkeit vollzogen, zur Abschreckung. Der Herrscher verlieh die Blutgerichtsbarkeit an ausgewählte Gerichtsorte und untermauerte so den Machtanspruch der jeweiligen Stadt. Auf Dorf- und Stadtebene gab es hingegen meist nur die Gerichte der niederen Gerichtsbarkeit. Auch eine Freie Reichsstadt hatte, da sie einem Fürstentum praktisch gleichgestellt war, das Recht auf die Hohe Gerichtsbarkeit.

Der Pranger

Der Pranger, auch Schandpfahl oder Kaak genannt, war ein Strafwerkzeug in Form einer Säule, eines Holzpfostens oder einer Plattform. Daran wurde ein Bestrafter gefesselt und öffentlich vorgeführt.
Ab dem 13. Jahrhundert erlangten Pranger eine weite Verbreitung zur Vollstreckung von Ehrenstrafen.
Pranger dienten auch als äußeres Zeichen der Gerichtsbarkeit. Grundlage jedes Prangers war die öffentliche Zurschaustellung der zumeist gefesselten Delinquenten, um sie auf diese Weise dem Hohn und Spott ihrer Mitmenschen auszusetzen. Das war mitunter nicht ungefährlich. Auch das Bewerfen der betroffenen Person mit Gegenständen und das Prügeln der oder des Verurteilten waren üblich. Diese Ehrenstrafen galten als eine milde Form der Bestrafung.
An den Pranger gestellt wurden Personen, die sich allenfalls eines Vergehens oder einer leichteren Straftat schuldig gemacht hatten. Dazu gehörten im Mittelalter:
Sittlichkeitsdelikte (obszöne Gesten oder Worte, aufreizende Kleidung, Kuppelei, Prostitution bzw. Besuch des Frauenhauses, sonstige vor- und außereheliche Se-

xualbeziehungen), leichtere Fälschungsdelikte, z. B. Verwendung minderwertigen Materials, Betrügen mit falschen Scheffelmaßen, Backen zu kleiner Brötchen, kleinere Vermögensdelikte wie Bagatelldiebstähle, Preisbetrug, Hehlerei, Kartenspiel- und Lotteriebetrug, Diebstahl von Garten- oder Feldfrüchten, auch von Fischen, Fluchen, zumeist als Gotteslästerung bezeichnet, Meineid, Ehrverletzungen wie üble Nachrede, Beleidigungen Gefährdung der öffentlichen Ordnung, z. B. Volltrunkenheit und Randalieren, nächtliches Lärmen, Wäschewaschen am Sonntag, Verunreinigung von Brunnen.

Pranger wurden meistens an von der Öffentlichkeit stark besuchten Orten errichtet wie auf Marktplätzen, vor öffentlichen Gebäuden. Die Strafe bestand vorrangig in der Verhöhnung des Delinquenten durch die umstehenden Zuschauer.

Die Prangerstrafe wurde teils als Einzelstrafe, teils aber auch in Kombination mit anderen Strafen, etwa einer Geldbuße oder einer anschließenden Verbannung, verhängt.

Der Pranger diente der Abschreckung der Bevölkerung. Gefährdete Personen sollten durch den Anblick der Delinquenten geläutert und von ihrem Tun und Treiben abgehalten werden. Auch gab es noch die Demütigung durch die Umstehenden. Die Delinquenten hatten die Möglichkeit, öffentlich Buße zu tun. Weiterhin bot die Anprangerung von Delinquenten dem Publikum die Gelegenheit, ihre aufgestauten Aggressionen und Frustrationen zu entladen.

Nicht an den Pranger

Ein in Düsseldorf zum Pranger verurteilter Dieb wurde zu seinem großen Glück freigespro-

◀ Pranger

chen: „In Erwägung, dass der Butschen von den Geschworenen für schuldig erklärt ist, dem Karl Pilscheuer, bei welchem er wohnte und gegen Lohn und Kost diente, nach und nach acht Berliner Taler an Geld und für den Wert von fünf Talern Kandis-Zucker, Kirschen und andere Gegenstände gestohlen zu haben.
In Erwägung, dass der nach dem Strafgesetzbuch zur Zuchthausstrafe verurteilte Verbrecher vor Abführung nach dem Straforte auf öffentlichem Platz an einen Pranger gebunden, und eine Stunde lang dem Volk zur Schau ausgestellt werden soll, dass aber nach der Gouvernements-Verordnung vom 16. Februar 1814 der Pranger nicht notwendige Folge einer Kriminalstrafe sei, vielmehr es dem richterlichen Ermessen überlassen bleiben soll, in welchen Fällen darauf zu erkennen sei, und dass in gegenwärtigem Fall kein Grund vorhanden ist, den Antrag auf den Pranger zu erkennen."

Henkersmahlzeit

Das außergewöhnlichste, seltenste und den auserwählten Gästen in der Regel nur ein einziges Mal servierte Essen ist die Henkersmahlzeit. Manchmal stellte sie den kulinarischen Höhepunkt eines Menschenlebens dar, nahezu immer bedeutete sie Abschied. Es ist schon ein seltsamer Brauch, dem zum Tode Verurteilten noch ein Essen zu offerieren. Doch gilt dieser Brauch in fast allen Staaten, in denen die Todesstrafe verhängt wird.
Henkersmahlzeiten hat es zu allen Zeiten und in allen Kulturen gegeben. Was hinter dem Brauch steht, ist der Versuch, den Verurteilten zu besänftigen, ihn dazu zu bringen, sich mit denen, die ihn verurteilten, zu versöhnen. Auf der anderen Seite will man sich wohl selbst wegen der mutwilligen Tötung eines Anderen beruhigen. Das ist genauso pervers wie die To-

desstrafe, aber es ist so. Selbst die knauserigsten Städte ließen sich die Henkersmahlzeiten einiges kosten.

Einige Gemeinden verwöhnten die zum Tode Verurteilten mehrere Tage lang mit Köstlichkeiten, überall gab es reichlich Alkohol. So erhielt eine im 17. Jahrhundert wegen „Hexerei" verurteilte Frau 3½ Kannen Wein und 2½ Kannen Most, ein als Totschläger 1718 verurteilter Offizier neben einer unbekannten Menge Schnaps zwei Maß Wein und 16½ Maß Bier. Gelegentlich kam es vor, dass ein Verurteilter zur Hinrichtungsstätte getragen werden musste.

Die Menschen wählten dort, wo es ihnen gestattet war, die Speisenfolge sehr bewusst aus. Der Wiener Massenmörder Schenk, ein feinsinniger Mann, der seine Opfer erst in einer Kapelle beten ließ, bevor er sie tötete, stellte sich als Henkersmahlzeit ein „ausgezeichnetes Menü zusammen, das die besten und teuersten Delikatessen enthielt". In den zehn Stunden vor, während und nach dem Essen soll er 30 Zigarren geraucht haben.

Der Mädchenmörder Max Witt bestellte sich 1895 zwei Beefsteaks mit Kartoffeln und eine Flasche Rotwein, der Hamburger Massenmörder Hamby 1920 Rumpsteak mit Pilzen, Hummersalat, Erdbeeren und Mokka. Nach oft jahrelangem Darben im Gefängnis bestimmt oft die Erinnerung an Lieblingsgerichte, an Speisen, die einmal als wohltuend empfunden worden waren oder mit Momenten des Glücklichseins assoziiert werden, die Bestellung. Die Ein- und Letztmaligkeit der Wahl führt zuweilen zu abenteuerlichen Kombinationen, jede kulinarische Kritik daran ist allerdings unangebracht, denn die Zusammenstellung der Henkersmahlzeit ist der vielleicht letzte freie Willensakt eines Menschen.

31

DER LIEBESPAARMÖRDER

Rotterdamer Straße, Höhe Wasserwerk

In den Jahren 1953 bis 1956 versetzten mehrere Doppelmorde von Liebespaaren die Düsseldorfer Bevölkerung in Angst und Schrecken. Die Opfer wurden in ihren Kraftfahrzeugen überfallen und zumeist erschossen. 1959 begann der Prozess gegen zwei Verdächtige. Jedoch nur einer der Doppelmorde konnte den Angeklagten nachgewiesen werden.

1953 begannen die Morde. Das erste Opfer war der Anwalt Bernd Servé. Er war mit seinem Partner Adolf Hüllencremer in seinem Auto, einem Opel Kapitän, auf einer abgelegenen Straße, als sie von maskierten Tätern überfallen wurden. Der 28-jährige Werner Boost und sein Freund Franz Lorbach hatten gerade Schießübungen in einem abgelegenen Wäldchen hinter dem Düsseldorfer Wasserwerk gemacht und trugen deshalb noch ihre Pistolen mit sich.

„Die lassen wir aussteigen!", sagte Boost. Er und sein Freund Lorbach vermummten sich mit einem Damenstrumpf und gingen mit ihren Pistolen auf den Opel zu. Jeder näherte sich einer der Vordertüren. Doch während Lohrbach sein Opfer, einen 18-Jährigen, nur bedrohte und mit der Pistole mehrmals schlug, feuerte Boost direkt von unten in den Kopf von Lothar Servé und traf ihn tödlich. Hüllencremer wandte einen Trick an und konnte diesem Schicksal entgehen. Der Verletzte stellte sich tot und konnte dadurch später die Polizei alarmieren.

Im November 1955 barg die Polizei aus einem Kies-See in der Nähe von Düsseldorf-Kalkum ein versenktes Auto. In diesem Auto waren die Leichen des 26-jährigen Bäckers Friedhelm Behre

und seiner Lebensgefährtin Thea Kürmann. Beide waren ermordet und ausgeraubt worden.
Am 8. Februar 1956 suchte die Polizei zwei als vermisst gemeldete Personen. Sie fanden ein leeres Auto. Im Inneren stellten die Beamten Blutspuren fest. Danach wurde das ganze umliegende Gebiet durchsucht. In einem Heuschober in der Nähe des Fahrzeugs wurden die verbrannten Leichen der 20-jährigen Sekretärin Hildegard Wassing und ihres Freundes Peter Falkenberg gefunden.
Vier Monate später wurde Werner Boost festgenommen. Er wurde von einem Förster entdeckt, als er in einem Wäldchen in der Nähe von Düsseldorf ein Liebespaar beim Austausch von Zärtlichkeiten beobachtete. Boost leistete bei seiner Verhaftung keinen Widerstand, obwohl er hätte fliehen können. Beim Gerichtsprozess im Juni 1956 sagte der ehemalige Tathelfer Lorbach gegen Boost aus. Lorbach gestand den Überfall auf Bernd Servé und seinen Partner im Jahr 1953 und gab an, Boost habe sein Opfer durch einen gezielten Kopfschuss getötet. Aufgrund dieser Aussage wurde Boost wegen Mordes mit schwerem Raub zu lebenslanger Zuchthausstrafe verurteilt, was zu diesem Zeitpunkt Haft bis zum Tod bedeutete. Die anderen Boost zur Last gelegten Doppelmorde sah das Gericht als nicht ausreichend bewiesen an.
Lorbach wurde unter Berücksichtigung seines Geständnisses wegen Beihilfe zu sechs Jahren Freiheitsstrafe verurteilt. Die Mordserie an Liebespaaren bewegte die Bevölkerung in den 50iger Jahren sehr stark. Der Grund dafür war, dass ein Liebespaare jagender Mörder in der Bundesrepublik noch unbekannt war. Zum anderen war der erste Mord, der einem homosexuellen Paar galt, seinerzeit noch recht heikel in der öffentlichen Wahrnehmung.

ÖSTLICHE ALTSTADT

Im Osten der Altstadt liegt der Hofgarten, der früher einmal Teil der Stadtbefestigung war. Nach deren Abriss wandelte man das Gelände in einen Park im englischen Stil um. Heute kann man viele Skulpturen der umliegenden Museen, zum Beispiel diejenige von Henry Moore, beim Weg entlang der Hauptpromenade betrachten. Außerdem liegen viele kulturelle Einrichtungen in der Nähe des Hofgartens. Die gesamte Anlage steht unter Denkmalschutz und ist ein beliebtes Ausflugsziel.

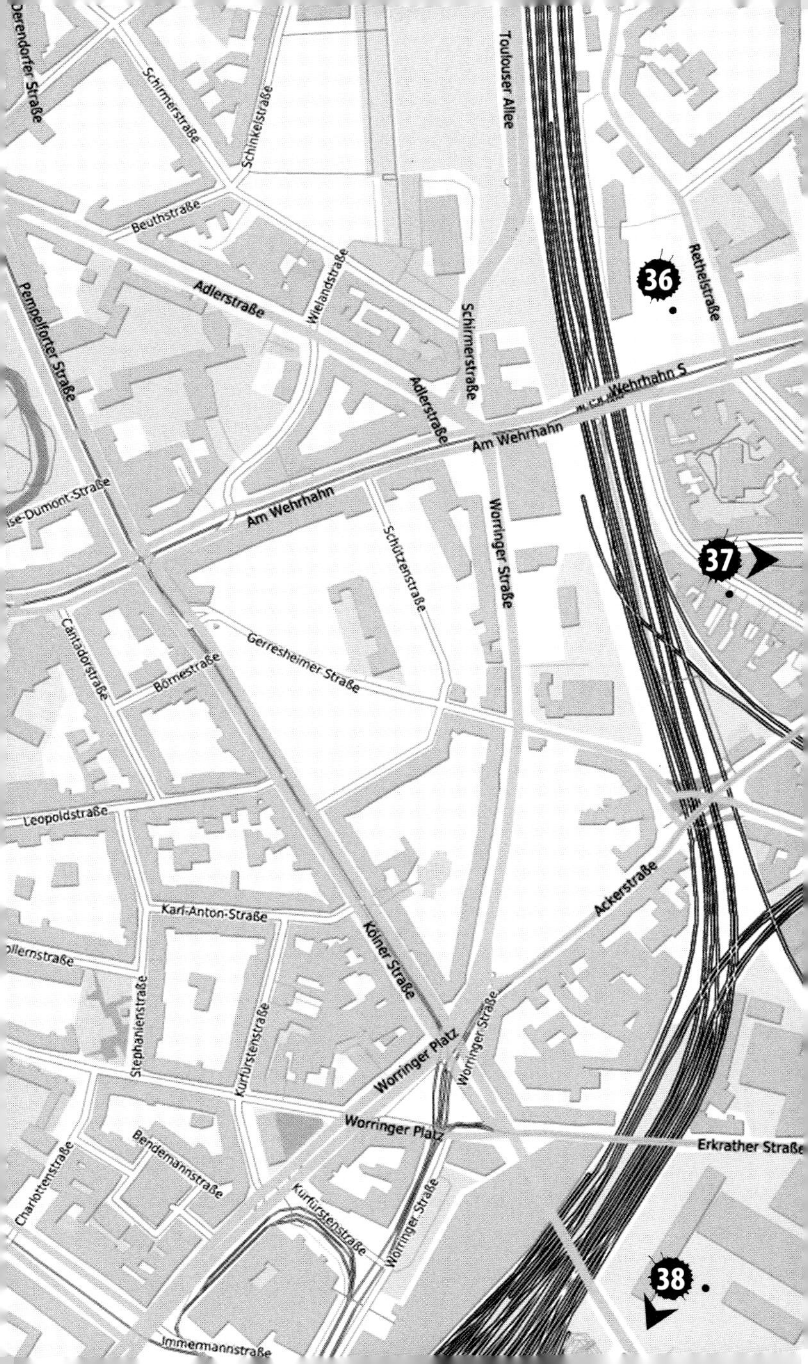

Derendorfer Straße
Schirmerstraße
Schinkelstraße
Toulouser Allee
Beuthstraße
Pempelforter Straße
Adlerstraße
Wielandstraße
Schirmerstraße
Adlerstraße
Rethelstraße
36
Wehrhahn S
Am Wehrhahn
Am Wehrhahn
Schützenstraße
Worringer Straße
37
Cantadorstraße
Börnestraße
Gerresheimer Straße
Leopoldstraße
Karl-Anton-Straße
Kölner Straße
Ackerstraße
Stephanienstraße
Kurfürstenstraße
Worringer Platz
Worringer Straße
Worringer Platz
Erkrather Straße
Charlottenstraße
Bendemannstraße
Kurfürstenstraße
Worringer Straße
38
Immermannstraße

32

KOKSPARTIES EINES AKADEMIEPROFESSORS

Hotel in der Nähe des Hofgartens

Ein anonymer Hinweis brachte die Polizei auf die richtige Spur. Es war eine Überraschungsrazzia. Als die Tür zur Suite im Luxushotel aufging, betraten sechs Polizisten, drei Staatsanwälte sowie ein Polizist mit Spürhund die Suite. Der bekannte Künstler Jörg Immendorff wurde mit Kokain und sieben leicht bekleideten Frauen überrascht. Er befand sich in der Nähe eines Tabletts, auf dem mehrere Kokain-Linien bereit lagen. Er selbst hatte schon Kokain konsumiert. Elf Gramm Kokain fand die Polizei in der Suite, weitere 15,6 Gramm in der Wohnung und im Atelier des Künstlers. Im Laufe des Abends kamen zwei weitere Prostituierte in das Hotel. Sie behaupteten, kein Kokain genommen und angeboten bekommen zu haben.

Es war nicht die erste Party dieser Art. Der Künstler, der an der Düsseldorfer Kunstakademie lehrte, zeigte sich kooperativ. Es wurde angenommen, dass möglicherweise eine Frau, die schon einmal an einer Party teilgenommen hatte, den anonymen Brief geschrieben hatte.

Beim Prozess vor dem Düsseldorf Landgericht prallten zwei Welten aufeinander. Erstens die Welt des kranken Künstlers, der kokste, sich Callgirls aufs Hotelzimmer bestellte, mit ihnen trank und Pornofilme schaute und zweitens die geordnete Welt eines Richters. Nach Immendorff dienten diese Party nie dem „Geschlechtsverkehr" sondern waren vielmehr „erotische Inszenierungen".

Der Künstler, der durch seine Krankheit sehr geschwächt schien, hatte den Willen zum Geständnis und ließ eine teilweise stundenlange peinliche Befragung durch den Richter

◄ Jörg Immendorff: Selbstporträt als Maleraffe an der Hand seines Lehrers Beuys

über sich ergehen. Er hatte das Kokain in Szenelokalen auf der Düsseldorfer Königsallee kennengelernt. Als Motiv für die Orgien gab er „Lebensgier“ an angesichts seiner unheilbaren Nervenkrankheit.

Der schwer kranke Maler und Kunstprofessor wurde im August 2004 vom Landgericht Düsseldorf zu elf Monaten auf Bewährung verurteilt – ein Monat mehr, und der Künstler hätte den Beamtenstatus und seine Professur verloren. Außerdem musste er 150.000 Euro an gemeinnützige Organisationen zahlen. Er starb 2007. Wenn man vor dem schönen Luxushotel steht, in dem schon viele berühmte Persönlichkeiten übernachtet haben, wird einem deutlich bewusst, dass die Welt zuweilen mehr „Schein als Sein“ ist.

33

ENTFÜHRUNGEN MIT HAPPY-END

Hofgarten

Im heutigen Stadtgebiet von Düsseldorf wurde nicht nur ein künftiger Kaiser grausam entführt, sondern auch ein von den Düsseldorfern sehr geliebtes und oft besuchtes Kunstwerk: ein Brunnen. Ganze Familien stehen davor, genauso wie die Besucher der Stadt. Natürlich ist der Brunnen auch ein schönes Foto-Objekt.

Es war einmal in Düsseldorf: Drei Kinder saßen eng umschlungen auf einem Marmor-Sockel an der Weggabelung hinter der Goldenen Brücke im westlichen Teil des Hofgartens und blickten verzückt auf drei wasserspeiende Frösche. Es sah so aus, als würden die Frösche ihnen ein Märchen erzählen.

Dabei handelt es sich nicht um ein Märchen sondern um eine wahre Begebenheit. Mittelpunkt ist der so genannte „Märchenbrunnen", den viele Spaziergänger aus dem Hofgarten kennen und lieben. Er ist mehrfach umgezogen, wurde entführt, gemalt, eingeschalt, besungen, fotografiert und sogar auf einem Geldschein abgedruckt. Die Geschichten um ihn sind mannigfaltig. Das preisgekrönte Modell wurde erstmals 1904 auf der Internationalen Kunst- und Großen Gartenbauausstellung in Düsseldorf gezeigt. Es fanden sich mehrere Interessenten, so der Leipziger Kunstverein und der Frankfurter Palmengarten. Schließlich gelang dem Verschönerungsverein für die Stadt Düsseldorf der Erwerb.

Der französische Künstler Max Blondat (1872–1925) schuf den Brunnen aus wolkenweißem Marmor mit bronzenen Fröschen. Nachdem er am 16. November 1905 im Hofgarten aufgestellt worden war, hatte

er jedoch noch keinen Namen. Der Stadtrat weigerte sich, dem Brunnen überhaupt einen Namen zu geben – und so bürgerte sich der Name „Märchenbrunnen" ein. Das Abbild der fröhlichen Kinder und der scheinbar sprechenden Frösche erinnerte wohl viele an den Froschkönig.

Schaurige Vorahnungen der Initiatoren sollten sich bald bestätigen: Die Kinderbeine wurden abgeschlagen und die Frösche entführt ... Die Beine wurden in den 30er Jahren auf der Golzheimer Heide ausgegraben, und auch für die Frösche gab es 1951 nach einer Entführung ein Happy-End, als sie in einer Kiste im Kittelbach wiederentdeckt wurden.

Um weiteren Entführungen vorzubeugen, wurde der Originalbrunnen ins Stadtmuseum gebracht. Im Hofgarten steht jetzt eine Kopie. Duplikate des Brunnens stehen in Zürich, Dijon, Odessa und Denver, es existieren unbestätigte Gerüchte über weitere Exemplare. – Ein Spaziergang im Hofgarten ist zu jeder Jahreszeit etwas Schönes. Bitte nicht vergessen, sich vor den Märchenbrunnen zu stellen und an die Entführungen zu denken!

◀ Der „Märchenbrunnen"

34

NOCH NICHT GESTOHLEN!

Hofgarten

Diese Plastik ist in Düsseldorf noch nicht gestohlen worden, jedoch wurde der Abguss im Skulpturenpark auf dem Gelände der Henry-Moore-Stiftung in Perry Green vor laufenden Überwachungskameras kurz nach 21 Uhr auf einem gestohlenen Tieflader verladen und abtransportiert. Dieser Diebstahl verursachte großes Aufsehen. Die Plastik ist seither nicht wieder aufgetaucht. Bei Scotland Yard vermutet man, dass das 2,1 Tonnen schwere Kunstwerk wegen seines Materialwerts gestohlen und eingeschmolzen wurde. Der Materialwert der Bronzeplastik liegt mit rund 7.500 Euro weit unter dem auf dem Kunstmarkt zu erzielenden Preis von 4,4 Millionen Euro. Düsseldorf muss aufpassen!

Der Hofgarten – erster öffentlicher Stadtgarten Deutschlands

Der Düsseldorfer Hofgarten liegt zentral in der Landeshauptstadt, unmittelbar zwischen der Altstadt und

Henry Moore: Reclining figure in two parts

der City. Die Anfänge reichen in das letzte Drittel des 18. Jahrhunderts zurück. Dieser Hofgarten unter dem Kurfürsten Karl-Theodor für die Bürger der Stadt errichtet und wurde damit zum ersten Volksgarten in Deutschland. Die Gestaltung dieses Parks oblag Hofbaumeister Nicolas Pigage. Mit der Niederlegung der Stadt- und Befestigungsmauern wurde der zweite Teil der Grünanlage von dem bedeutendsten deutschen Gartenkünstler, Maximilian Friedrich Weyhe, am Anfang des 19. Jahrhunderts am Rande der Stadt geschaffen. Der besondere kulturelle Stellenwert des Hofgartens für die Stadt kommt in der Vielzahl der künstlerisch bedeutungsvollen Skulpturen und Denkmäler, den vielen am Park gelegenen Museen, Theatern und Kulturinstituten zum Ausdruck. Dass die etwa 28 Hektar große Grünanlage mitten in der Stadt Begehrlichkeiten der Stadt- und Verkehrsplaner weckt, ist zu erwarten. Jedoch gingen die Bürger der Stadt 1961 für ihren Park auf die Straße. Diese Aktion war einer der ersten Bürgerproteste in der Bundesrepublik. Um den Bestand zu schützen, erhielt der Hofgarten 1963 eine eigene Schutzsatzung, seit 1998 steht die Anlage unter Denkmalschutz. Das Kernstück ist eine breite, von Baumreihen begleitete Promenade, welche den Hofgarten diagonal durchläuft und in einem großen Wasserbassin ihren Abschluss fand. Die seitlichen Flächen sind durch weitere Wege erschlossen. Im Bemühen um mehr Natürlichkeit waren die zwischen den Wegen liegenden Flächen als englische Gärten gestaltet. Der Park wurde Anfang des 19. Jahrhunderts von Maximilian Friedrich Weyhe umgestaltet. Nach dem Abriss der Stadtmauern erfolgte die Erweiterung der Parkanlage zwischen Kaiser- und Hofgartenstraße sowie Heinrich-Heine-Allee.

35

MILLIONEN-MANNI

Kaufhof am Wehrhahn

Der Coup war professionell geplant und wurde zu einem Kapitel Kriminalgeschichte. Polizeiobermeister Küppers von der Autobahnwache Mönchengladbach begleitete nach Dienstschluss als Aushilfskraft Geldtransporte. Er jobbte ohne Genehmigung seiner Vorgesetzten. Am 21. Juli 1995, kurz nach 11 Uhr, verließ der Fahrer eines Geldtransports für ein paar Minuten den Dienstwagen, um im Kaufhof am Wehrhahn in Düsseldorf eine gefüllte Geldbombe abzuholen.

Manfred Küppers, 39 Jahre, sah die Chance seines Lebens! Er nahm 3,5 Millionen Mark in kleinen, nicht registrierten Scheinen aus dem gepanzerten Auto, legte zum Beweis, dass er niemanden bedroht hatte, seinen Dienstrevolver auf den Sitz und machte sich zu Fuß davon.

Die Polizei rotierte, um ihr schwarzes Schaf zu fangen. Kollegen des Millionendiebs entdeckten in seiner leergeräumten Wohnung Prospekte für Traumreisen an die Copacabana. Die Fahnder fanden heraus, dass Küppers' brasilianische Freundin inzwischen bei einem anderen Mann in Kleve lebte und dass sie mit den Hochglanz-Broschüren auf eine falsche Fährte gelockt werden sollten. Trotzdem nannten die zehn Beamten ihre Sonderkommision „Soko Brasil".

Zwei Stewardessen wollen Küppers vier Stunden nach der Tat an Bord eines Flugzeugs zur griechischen Insel Zakynthos gesehen haben – es war allerdings ein Doppelgänger mit einer Designerbrille, wie der Gesuchte sie trug. Der Geschäftsführer der bestohlenen Firma hielt es für unwahrscheinlich, dass Küppers noch in Deutschland war, wenn er überhaupt noch lebte und nicht von anderen Gangstern

Nicht nur die Geldtransporte von Banken sind Ziel von Dieben. ➤

GALERIA
GALERIA

umgebracht worden war. Jedoch war sich der ermittelnde Staatsanwalt sicher: „Den werden wir irgendwann finden!" Er sollte Recht behalten. Zielfahnder des Landeskriminalamts übernahmen den Fall. Die Experten recherchierten im Leben von Manfred Küppers, bis sie alles über ihn wussten und viele Steinchen zu einem Mosaik zusammenfügen konnten.

Es verstärkte sich der Verdacht, dass der Gesuchte doch in Brasilien sei. Zwei Fahnder brachen zu einer Dienstreise nach Rio auf. Im Küstenstädtchen Laura de Freiras lebte „Millionen-Manni" in einer luxuriösen Villa in Strandnähe mit seiner Freundin, ein Mercedes parkte vor der Tür. Eine Sondereinheit der brasilianischen Polizei nahm Küppers fest. „Ich will ausgeliefert werden!", sagte er und schwieg zu den verschwundenen Millionen. Die Brasilianer konnten diesen Wunsch noch nicht erfüllen, sie klagten den Mann wegen Passvergehens an. Er besaß einen Pass mit dem Namen Geraldo Silva Hammer. Küppers blieb zwei Jahre in Auslieferungshaft, wo er sich mit Hepatitis B ansteckte. Beim Prozess in Düsseldorf war er ein gebrochener Mann. Er konnte den Gerichtssaal als freier Mann verlassen. Das Landgericht Düsseldorf verurteilte den ehemaligen Polizisten wegen besonders schweren Diebstahls zu fünf Jahren Haft, rechnete jedoch seine Auslieferungshaft im brasilianischen Gefängnis im Verhältnis 1 zu 1,6 an und setzte die Reststrafe zur Bewährung aus. Küppers gestand: „Ich brauchte nur in eine der Kisten zu greifen, das Geld auspacken und weggehen." Zu Beginn des Verfahrens hatte der Angeklagte betont, ihm tue der Diebstahl leid. Er behauptete, die Beute in Brasilien „verprasst" zu haben.

Das Gericht verurteilte zudem einen Komplizen, der den Fluchtwagen gefahren hatte, zu zwei Jahren Haft auf Bewährung. Vor dem Kaufhof am Wehrhahn stehend, kann man dem Sprichwort zustimmen: „Gelegenheit macht Diebe!"

36

DEUTSCHLANDS BEKANNTESTE ROTLICHT-GRÖSSE

Rethelstraße

Dienstag, 3. Juli 2012: Die Einsatzwagen der Polizei halten direkt vor dem Bordell an der Rethelstraße. Teilweise schwer bewaffnete SEK-Beamte stürmen gegen 6 Uhr morgens das Etablissement. Beamte tragen kistenweise Beweismaterial nach draußen. Deutschlands bekannteste Rotlichtgröße, der 61-jährige Geschäftsführer Bert Wollersheim, wird zeitgleich auf seinem Grundstück in Willich im Beisein seiner 23 Jahre alten Ehefrau festgenommen.

Zehn Monate lang hat das Kommissariat für organisierte Kriminalität im Düsseldorfer Milieu nach Beweisen für ein gefährliches Diebstahlsystem gesucht. Ein Netzwerk aus Prostituierten, Barkeepern und Bordellbetreibern soll Gäste mit Drogen außer Gefecht gesetzt und dann per Kreditkarte ausgeplündert haben. An der Spitze der Beschuldigten stehen die Düsseldorfer Edel-Bordellchefs Thomas M., 47 Jahre, und Bert Wollersheim. Ihre Firma betreibt vier Etablissements sowie diverse Tabledance-Lokale und Clubs. Es grenze an ein Wunder, so äußerte sich die Polizei, dass die jetzt zerschlagene Bande niemanden zu Tode gebracht habe. Denn die Täter haben nicht nur Kreditkarten volltrunkener Kunden an sich gebracht und damit Geld abgehoben, sie sollen mit Kokain, K.O.-Tropfen und Medikamenten nachgeholfen haben, ihre Gäste zu betäuben. Die Polizei fand einen bewusstlosen Freier, der sofort ins Krankenhaus gebracht wurde. Andere Freier hätte die Bande bis zu 20 Stunden in diesem Zustand belassen, um fünfstellige Summen von den Konten abzubuchen. Der Gewinn wurde geteilt und ging an die Chefs und ihre Helfer.

Viele Opfer haben vermutlich nie Anzeige erstattet. Sie hätten das auch wahrscheinlich deshalb nicht getan, weil sie bereits versucht hätten, über ihre überhöhte Bordellrechnung mit den Wirten zu verhandeln. Dann habe man den Opfern Fotos präsentiert, die sie mit knapp bekleideten Prostituierten zeigten, und sie erpresst. So lautet der Vorwurf. Auf die Spur der Bande war die Kripo nach Anzeigen geschädigter Gäste und durch die Aussage eines Ex-Mitarbeiters gekommen.

Bereits vor zehn Jahren kursierten Gerüchte über die Methoden der Bande. Auch ist bis heute der Tod eines schwedischen Touristen, der 1999 im Poolbereich eines Wollersheim-Bordells gefunden worden war, dubios. Auch dieser Fall soll nun neu aufgerollt werden.

Bert Wollersheim gilt in Düsseldorf als schillernde Persönlichkeit. Er verdiente sein Geld fast ausschließlich mit käuflicher Liebe. Eine Flasche Champagner soll bei ihm schon mal 18.000 Euro gekostet haben. Die Bordelle an der Rethelstraße betreibt er mittlerweile nicht mehr, das haben bereits andere übernommen. Besonders beliebt sind die Etablissements bei Gästen aus dem Ausland. Auf Wunsch werden die Kunden in weißen Stretch-Limousinen in die Bordelle chauffiert. Die Frauen zahlen Miete für die Zimmer und sind nicht angestellt.

Seine Karriere fing er als junger und begabter Friseur in Düsseldorf an. Er bediente Showgrößen wie Rex Gildo und Dieter Thomas Heck. Aber auch Unterwelt-Prominenz wie der Kölner Zuhälter „Schäfers Nas" (vgl. auch Krimiführer Köln, S. 16 und 124) waren bei ihm zu Gast. Wollersheim arbeitete für sie: Er schnitt ihnen die Haare, erledigte Botengänge, kümmerte sich um ihre Yachten – und er lernte. Unter dem Schutz seiner kriminellen Freunde machte er sich irgendwann selbständig. In den 70ern eröffnete er sein erstes Bordell und saß er im Gefängnis wegen erpresserischen

Menschenraubs. Er hatte einen Konkurrenten entführen lassen.

Wollersheim als TV-Star: Im Februar 2011 startete auf RTL II die achtteilige Doku-Soap „Die Wollersheims – Eine schrecklich schräge Familie!" Unter dem Subtitel „Deutschlands kultigster Bordellchef" bereitete Bert Wollersheim seine Hochzeit im Spielerparadies Las Vegas vor. Dabei wurde der Hauptdarsteller von Kamerateams begleitet und präsentierte sich in der Öffentlichkeit mit seiner Spendenbereitschaft für karitative Zwecke.

Wenn man nun vor den Häusern 73 und 75 der Rethelstraße steht, kommt man ins Grübeln, wie in der Fernsehwelt Kriminalität und Kriminelle ganz selbstverständlich zum Gegenstand des Unterhaltungsprogramms geworden sind.

37

DIE LETZTE HEXENVERBRENNUNG IM RHEINLAND

Düsseldorf-Gerresheim, Ecke Dreherstraße/Schönaustraße

Am frühen Morgen des 19. August 1738 brannte in Gerresheim am Galgenberg ein Scheiterhaufen. In den Flammen zerfielen die Körper zweier unschuldiger Frauen zu Asche. Gnädigerweise hatte der Scharfrichter, Mitglied der Ratinger Henkersfamilie Mosler, die beiden Frauen zuvor erwürgt, da es furchtbar ist, bei lebendigem Leibe verbrennen zu müssen.

Die Hinrichtung war als öffentliches Spektakel mit ‚erzieherischem Wert' inszeniert und angekündigt worden. Mit Rundschreiben hatte die Obrigkeit die Bewohner der Nachbarorte aufgefordert, auch ihre Kinder mitzubringen, damit sie von solchen Untaten abgeschreckt würden. Das Verbrechen der beiden Frauen war, sie hatten es unter Folter gestanden, dass sie Hexen seien. Die jüngere, gerade einmal 16 Jahre alte Helena Curtens hatte durch ihr Verhalten die Aufmerksamkeit der Justiz erregt. Die Mutter war bereits gestorben, der Vater hatte die junge Frau nicht in Schutz genommen. Beim Verhör durch den Richter Schwarz aus Mettmann gab Helena wohl unter Androhung von Folter zu Protokoll, auf Wallfahrten in Kevelaer habe sie Tücher bekommen, in die die Geister ihre Zeichen eingebrannt hätten. Die Pferde hätten auf den Reisen nach Kevelaer wegen der Geister laut geschnaubt und geschwitzt. Sie redete von einem schwarzen Mann, der sie nachts aufsuchte. Laut der Vernehmungsprotokolle bestätigte Helena Curtens die Gerüchte, sie könne an mehreren Orten zugleich sein, sie könne frei an Wänden hängen, und habe ein Blutbündnis mit dem schwarzen Mann geschlossen, der in den Nächten an ihr Bett gekommen sei.

Sie bezichtigte zugleich eine weitere Frau, Agnes Olmans, verheiratet, Mutter von zwei Töchtern, der Hexerei. Die Familie hatte in der Gemeinde keinen guten Ruf. Nach der Denunziation bezichtigten den Prozessakten zufolge auch der Ehemann und die Töchter Frau und Mutter der Hexerei. Sie stand in dem Ruf, übernatürliche Dinge zu beherrschen: Mäuse hervorzuzaubern, sich in eine Katze zu verwandeln, mit Salben Krankheiten zu bekämpfen. Sie sollte die Salben auch Helena gegeben haben. Besonders belastend war die Aussage Helenas, dass sie nach dem Teufelspakt noch viermal zur Kommunion gegangen sei, die Hostien aber auf Anweisung Agnes Olmans' dem Vieh zu fressen gegeben habe.

Der Prozess basierte auf der ‚Peinlichen Halsgerichtsordnung' Karls V. von 1532, die Folter und Gottesurteile zuließ und Brandhinrichtungen in Fällen von Gotteslästerung, Zauberei oder Ehebruch vorschrieb. Zu der in Hexenprozessen üblichen Beweiserhebung zählte die berüchtigte Nagelprobe, bei der in Körpermale der Angeklagten gestochen wurde. Blutete sie nicht und empfand keine Schmerzen, deutete das auf Hexerei hin. Agnes Olmans schrie auf, als man sie stach, die junge Helena Curtens nicht – also war sie eine Hexe.

Noch schlimmer war die Wasserprobe. Dabei wurden die Frauen an Händen und Füßen gefesselt und in ein Gewässer geworfen. Blieben sie oben, waren sie mit dem Teufel im Bunde und wurden verbrannt. Ertranken sie jedoch in den Fluten, waren sie unschuldig gestorben. Die Wasserprobe erschien offenbar auch dem Richter als zu zurückgeblieben. Doch wurden Agnes Olmans in einem Gefängnisturm die „Spanischen Stiefel" angelegt, kniehohe Eisenschuhe, die solange zusammengeschraubt wurden, bis der Angeklagte gestand oder seine Knochen brachen. Agnes Olmans war dabei geständig und somit als Hexe überführt. Ob die Frauen noch eine Henkersmahlzeit bekamen, ist in den Akten nicht überliefert. Um dieser unschuldigen beiden Frauen zu gedenken, sollte man einen Ausflug nach Gerresheim machen und sich den Gedenkstein am Helena-Curtens-und-Agnes-Olmans-Platz ansehen. Dort steht übrigens das längste Straßenschild, das es je in Düsseldorf gab – über anderthalb Meter lang. Das Denkmal der Künstlerin Gabriele Tefke stellt eine Frau dar, man kann ihren Hals, ihre Arme und Haare sehen. Die Arme sollen zeigen, wie die Frau mit ihrer Kraft die Fesseln und den Stein sprengen will und wie sich die Frau dadurch befreit. Auf der rechten Seite des Gedenksteins befindet sich eine Schnecke. Sie ist das Symbol, welche für das Leben, den Tod und die Qualen der beiden Frauen steht.

Die ‚Hexenbulle'

In die Geschichte des Hexenwesens ging die Bulle Papst Innozenz' VIII. von 1484, die mit den lateinischen Worten „Summis desiderantes" – „Mit sehnsüchtigem Verlangen …" – beginnt, als „Hexenbulle" ein, weil sie die breitangelegten Hexenverfolgungen von 1430–1540 einleitete und ihnen eine moralische Begründung lieferte.

Nachdem der päpstliche Generalinquisitor Konrad von Marburg mit seinem Versuch, Deutschland wie Frankreich mit einem Netz von Inquisitionsgerichten zu überziehen, gescheitert war, die Päpste immer wieder die Beschwerden der Inquisitoren hörten, dass ihre Kompetenz angezweifelt würde, wollte Innozenz VIII. durch die Bulle die Gerichtspraxis der Inquisitionsgerichte rechtfertigen und darlegen, dass die den Hexen verordneten Strafen den kirchenrechtlichen Bestimmungen entsprächen.

Besonders hebt die Hexenbulle hervor, dass alle

Zeitgenössische Darstellung eines Hexensabbats ➤

Personen, die vom Glauben abgefallen seien, rücksichtslos verfolgt werden sollen. Diese verübten in den Augen der Kirche als Ketzer wie auch durch den Teufelspakt alle Formen des Schadenzaubers. An der Realität dieses Verbrechens könne nicht gezweifelt werden. Der Hexenflug und die Teufelsbuhlschaft gelten in der Hexenbulle allerdings als nicht erwiesen.
Von den Autoren des ‚Hexenhammers' wurde die Bulle diesem als Vorwort vorangestellt und in den Jahren 1487 bis 1669 in 29 Auflagen als Handbuch des Hexenwesens verbreitet. Obwohl im Hexenhammer Teufelsbuhlschaft und Hexenflug feste Bestandteile des Hexenbildes sind, wurde von den Päpsten in der Folgezeit die Auffassung geduldet, dass es sich beim Hexenhammer um eine systematische Interpretation der Hexenbulle handle.

Der ‚Hexenhammer'

Der ‚Hexenhammer' ist ein weiteres Werk zur Legitimation der Hexenverfolgung, das der Dominikaner Heinrich Kramer (auf Lateinisch: Henricus Institoris) nach heutigem Forschungsstand 1486 in Speyer veröffentlichte und das bis ins 17. Jahrhundert galt. In älteren Ausgaben wird auch der Dominikaner-Prior Jakob Sprenger als Mitautor genannt. Dies wird jedoch von der neuen Forschung bestritten.
Der Hexenhammer ist in drei Teile gegliedert. Im ersten Teil definiert Kramer, was eine Hexe sei. Er spricht zwar gelegentlich auch von männlichen Zauberern, hauptsächlich bezieht Kramer sich aber auf Frauen. Seiner Meinung nach waren sie für die schwarze Magie anfälliger als Männer. Schon bei der Schöpfung seien sie benachteiligt gewesen, weil Gott Eva aus Adams Rippe geschaffen hatte. Au-

ßerdem warf er Frauen, die er als „Feind der Freundschaft, eine unausweichliche Strafe, ein notwendiges Übel, eine natürliche Versuchung, eine begehrenswerte Katastrophe, eine häusliche Gefahr, einen erfreulichen Schaden, ein Übel der Natur" bezeichnete, Defizite im Glauben vor. Er unterstellte den Frauen sexuelle Unersättlichkeit, weshalb sie auch intimen Kontakt mit Dämonen hätten. Das Phänomen der Hexe entstände durch die schlechten Veranlagungen der Frauen zusammen mit dem Teufelspakt. Die Männer hingegen fielen dem Zauber der Frauen zum Opfer. Im zweiten Teil des Werkes werden magische Praktiken, die sich auf den Geschlechtsverkehr und die männliche Impotenz (durch Wegzaubern des Glieds etwa) beziehen, beschrieben, ebenso wie man sich vor Schadenszauber schützen und diesen aufheben könne. Im dritten Teil stellt er die von Spee kritisierten detaillierten Regeln für die Hexenprozesse dar und beschreibt verschiedene Präzedenzfälle. So legitimierte Kramer die Hexenverfolgung. Sein Werk fand jedoch offiziell weder kirchliche noch weltliche Anerkennung. Zu Heinrich Kramers Lebzeiten gab es allerdings Hunderte von Hinrichtungen, der Hexenhammer war später bis nach Amerika verbreitet.

38

DAS ROTLICHT-MILIEU

Hinter dem Bahndamm

In Düsseldorfs Puffsträßchen „Hinter dem Bahndamm" ist das Bordell direkt an der Bahnlinie gelegen, sodass man die nummerierten Zimmer bei der langsamen Einfahrt in den Düsseldorfer Hauptbahnhof aus Richtung Süden betrachten kann. In einem Straßenverzeichnis ist nur lapidar vermerkt: „Verlauf: Industriestraße nach Norden. Eine Sackgasse, die am Bahndamm entlangläuft." Sie machte in den 60iger Jahren viele Schlagzeilen – bis nach New York.

1957 sollen 4.000 Prostituierte auf Düsseldorfs Straßen auf Kundenfang gewesen sein. Einige von ihnen reisten täglich mit eigenem Wagen oder der Bundesbahn 1. Klasse an. Mit Hilfe des Deutschen Städtetages eröffnete sich 1960 die Möglichkeit, ganze Gemeindebezirke unter Strafandrohung für die Aus-

Düsseldorfs Rotlichtbezirk befindet sich hinter dem Hauptbahnhof.

übung der „gewerblichen Unzucht" zu sperren. In den Jahren vorher waren bereits zahlreiche Prostituierten-Bezirke geschlossen worden, mit Ausnahme der Straße am Hauptbahnhof. Man ließ sie ungeschoren, weil man Angst hatte, dass die Prostituierten in andere Stadtbezirke abwandern, damit weniger kontrollierbar sein könnten.

Mit aufwändig verschachtelten Eingangsbereichen, Sichtblenden, Markisen und Maschendrahtzaun gegen die Spanner auf der Straße wie die vorbeirollenden Züge abgeschirmt, wurde in den 1950ern in den „öffentlichen Häusern" das konzentriert, was sich früher im ganzen Stadtgebiet in Bordellen und als Straßenstrich abspielte. Im Dirnenwohnheim – so die offizielle Bezeichnung – sind die Frauen, anders als in den verbotenen Bordellen, geschützt vor der Unterdrückung durch Zuhälter. Die eben auch schützende Kasernierung der Prostitution hat mehr und mehr Konkurrenz durch Appartementprostitution von Callgirls, durch undurchsichtige „Begleitagenturen", die „Models" und „Hostessen" vermitteln. Vom Straßenstrich ist die Gegend gänzlich unbehelligt. Viele Bahnreisende, die von Süden her in den Düsseldorfer Hauptbahnhof einfahren, verrenken sich die Hälse, sodass schon manchmal befürchtet wurde, dass der Zug umkippt, heißt es.

DIE KÖNIGSALLEE

Die Königallee ist wohl das bekannteste Wahrzeichen Düsseldorfs. Schön die Erwähnung der liebevollen Abkürzung „Kö“ lässt viele Menschen an Luxus und ein mondänes Flair denken. Auf der Königsallee gilt: „Sehen und gesehen werden“, sei es beim Besuch einer Edelboutique oder beim Einsteigen in den Rolls-Royce. Aber auch abseits der besseren Gesellschaft lässt es sich wunderbar entlang des Stadtgrabens spazieren, besonders auf der ruhigeren Westseite.

Neustr.
Flinger Passage
Theodor-Körner-Straße
Corneliusplatz
Schadowstraße
Schadowstr.
Heinrich-Heine-Allee
Breidenbacher Hof
Blumenstraße
rich-Heine-Allee
Wilhelm Marx Haus
Trinkausstraße
Girardetbrücke
Königstraße
Breite Straße
39
Benrather Straße
Steinstraße
40
Sevens
Grünstraße
Grünstra
41
Huschbergerstraße
Stilwerk
Königsallee
Moll
Carl-Theodor-Straße
Graf-Adolf-Platz
Bahnstraße

39

SCHUHSPIONE AUF TOUR

Königsallee vor dem Schuhgeschäft Prange

Wenn auf der Schuh- und Lederwarenmesse GDS die neuen Schuhkollektionen gezeigt werden, dann sind die Kopisten sofort zur Stelle, um sie für ihre eigene Produktion nachzuarbeiten. In den Messehallen herrscht deshalb strenges Fotoverbot. Wer dagegen verstößt, muss die Bilder löschen.

Nach schlechten Erfahrungen hat eine große Schuhfirma schon beim Bau des Messestands darauf geachtet, dass kein Besucher unangemeldet Zutritt hat. So etwa hatte sich ein Kunde beraten lassen und die Schuhe seiner Wahl nach vorne gerückt. Ein zweiter Mann schob diese dann in eine große Tragetasche. Eine andere Firma hat ihre Schuhkartons mit einem elektronischen Siegel ausgestattet, woran der Händler das Original erkennen kann. Ganz unverfroren bieten auch die Kopisten auf der Messe ihre Waren an.

Wenn die Messe abends zu Ende ist, verabreden sich viele Hersteller vor dem Schuhgeschäft Prange auf der Königsallee. Dass die Kopierer Schaufenster fotografieren, dagegen kann man nichts tun. Nur beim Fotografieren im Geschäft werden sie angesprochen, beim zweiten Mal des Ladens verwiesen.

Ein hochmodischer Stiefel mit Metallkappe für 720 Euro stand bei Prange für zwei Monate im Sortiment. Danach war ein ähnliches Modell im Schaufenster einer deutschen Kette für ein Zehntel des Originalpreises zu sehen. Nicht nur Asiaten sind auf Ideenklau, auch deutsche Firmen kupfern ab. Doch wenn deutschen Herstellern aus der Schuhhochburg Pirmasens Modelle gefallen, dann kaufen sie sie auch.

Man glaubt es kaum, aber auch Schuhe sind so manches Verbrechens würdig.

40

„KÖ" – OH, OH, OH!

Königsallee

Die Königsallee wird von Düsseldorfern nur „Kö" genannt. Hier flaniert man, um sich zu zeigen, in schickem Pelz oder Designerkleidung, im offenen Cabriolet, mit Hündchen an der Leine, unterm Arm oder auch ohne. Man kann auch shoppen oder in der Disko entdeckt werden wie Claudia Schiffer – man kann aber auch stehlen, einbrechen, betrügen, rauben oder sogar einen Mord begehen. Auf dieser Luxusmeile ist alles möglich! Auf der Königsallee sind die meisten Juweliergeschäfte auf einer Straße in Deutschland vertreten. Das lockt nicht nur Käufer an!

7. Juli 2004
Panzerglas stoppt Blitzraub! Mit einem Fiat Panda wollten Diebe nachts ins Schaufenster von Kö-Juwelier Kern fahren. Als das nicht klappte, zündeten sie den Wagen an und flüchteten in die Niederlande.

23. April 2005
Täter entwischt! Am Samstagmorgen mitten zur Haupteinkaufszeit trauten sich Räuber, einen Überfall auf ein bekanntes Juweliergeschäft auszuführen. Wegen der vielen Passanten konnte die Polizei nicht schießen. Die Täter konnten entkommen – wahrscheinlich nach Holland.

Oktober 2007
Südamerikanische Trickdiebbande stahl zwei teure Diamantringe bei Kö-Juwelier Hornemann! Ein leutseliges Touristenpaar in den 50ern lenkte das Personal ab, während ein Mann mit Schlapphut zwei Ringe im Wert von einer halben Million Euro aus dem Schaufenster nahm. Der Coup gelang

auch deshalb, weil ein Wachmann des Kö-Juweliers just die Toilette aufgesucht hatte, als die Südamerikaner hereinkamen. Auf einem Fahndungsfoto wurde Norberto Guillermo Andrade erkannt und daraufhin festgenommen. Seine Freundin wird noch gesucht.

22. April 2008

Rififi-Einbrecher wollte zu Kern! – Poller vor dem Laden sollen den bekannten Kö-Juwelier René Kern vor Blitzeinbrechern schützen, die mit Autos in Schaufenster fahren. Ein Unbekannter griff auf die Rififi-Methode zurück. Am Morgen des Sonntags wurde im Treppenhaus des Nachbargebäudes ein 40 x 40 Zentimeter großes Tapetenstück abgerissen, darunter fehlte der Putz. Es wurde, so die Ermittler, mit handelsüblichem Werkzeug an der Mauer gekratzt und dann aufgegeben. Von Samstagabend gegen 20 Uhr anhatte der Täter etwa 14,5 Stunden Zeit für den Durchbruchs-Versuch.

10. Dezember 2008

Kö-Juwelen-Raub: Täter gefasst! Der Raub fand im Hotel Intercontinental an der Königsallee statt. Trickreich hatte eine sehr attraktive und elegante Frau einen 67-jährigen Kaufmann aus Stuttgart dazu gebracht, ihr im Foyer des Hotels vor dem vermeintlichen Juwelenkauf den Beutel mit Schmuck im Wert von 600.000 Euro auszuhändigen, um ihn draußen von einem angeblich sachkundigen Partner prüfen zu lassen. Als der zuerst noch völlig arglose Kaufmann vor der Tür dann doch misstrauisch wurde, floh das Paar in einem Audi A8. Der Geprellte versuchte dann noch mit Hilfe eines Taxis die Verfolgung, musste aber kurz danach aufgeben. Später fand die Polizei den Fluchtwagen.

Die Ermittlungen sind zu einem großen Teil erfolgreich abgeschlossen, die Beute ist allerdings immer noch verschwunden. Aber nicht nur Juwelen, auch Füller lohnt es sich zu stehlen!

stilwerk
stilwerk

18. Juli 2009

Diebe stehlen Luxus-Füller an der Kö! Trickdiebe haben bei Montblanc an der Kö vier der teuersten Schreibgeräte mitgehen lassen, die derzeit im Handel sind. Die Stifte, die jeweils zu einer „Special Edition" gehören, sind zusammen 110.000 Euro wert, sagte das Unternehmen. Zwei Männer zwischen 30 und 40 Jahren stahlen die Füller. Obwohl es Videoaufzeichnungen von dem Duo gibt, ist nicht zu sehen, wie es einem der beiden gelingen konnte, die Vitrinen, in denen die Füller lagen, ohne sie zu beschädigen, zu öffnen. Die Füller sind aus streng limitierten Serien – eine heißt „Pjotr I. Tschaikowsky", von der es weltweit nur 150 Stück gibt, die andere „Cristobal Colon". Davon sind 106 Stück weltweit im Handel. Die hochwertigen Schreibgeräte werden von Sammlern gekauft und nur selten zum Schreiben benutzt. Die Diebe kannten jedenfalls die Szene, weil sie gezielt besonders wertvolle Stücke auswählten.

Bei einem Spaziergang über die Kö kann man jedoch immer noch die schönen Auslagen in den Geschäften und Galerien bewundern, ohne in Gefahr zu geraten. Schön ist es, sich in ein Straßencafé zu setzen, das Treiben zu beobachten und ein bisschen zu lästern.

◀ Die Kö – Schauplatz zahlreicher Verbrechen

41

EIN MORD OHNE LEICHE

Königsallee

Am 12. Juli 1991 schlenderte ein groß gewachsener, grauhaariger Herr zum Reformhaus am Carlsplatz. Otto-Erich Simon, Jahrgang 1920, ehemals Weinhändler, dessen Wurzeln an der Mosel lagen, war zum Eigentümer von zwei heiß begehrten Immobilien an der Königsallee 76 und 78 aufgestiegem – Wert etwa 100 Millionen DM. Und er wusste genau um deren Wert. Otto-Erich Simon, der alleinstehend war und mit der Familie seines Bruders kaum Kontakt hielt, sicherte dieser Besitz zugleich seinen Platz in der Bussi-Bussi-Schickeria.

Seit dem 13. Juli 1991 ist er spurlos verschwunden. Kurz danach wurde über einen Rechtsanwalt ein wohldosiertes Gerücht in die Zeitungswelt gesetzt: „Opa Erich", der schrullige Millionär von der Kö, habe seine Grundstücke für rund 26 Millionen Mark an die Schweizer Firma Plancontract verkauft. Er habe sich die Summe in einem Luxemburger Nobelhotel in bar auszahlen lassen, habe den Geldkoffer geschultert, sei freundlich winkend davon flaniert, mit unbekanntem Ziel. Nun werde der neue Eigner, der stadtbekannte Baulöwe Hans Hansen, die Häuser auf beiden Kö-Grundstücken abreißen und eine gigantische Einkaufspassage errichten. Hansen hatte Kaufverträge für beide Kö-Grundstücke vorgelegt. Doch die angeblichen Unterschriften wurden als Fälschungen entlarvt. Per Vermisstenanzeige hat ein Simon-Freund die Ermittlungsmaschinerie der Polizei in Gang gesetzt. Was folgte, war eine der spektakulärsten Suchaktionen von Polizei und Staatsanwaltschaft nach Hinweisen darauf, was aus Simon geworden war. Eine Leiche fand sich nie – auch keine Blutspuren oder Belege für ein Verbrechen. Der Bauunternehmer kam im Januar 1992 in U-Haft.

Doch kaum in Haft genommen, verstummte Hans Hansen. Der Haftbefehl, zunächst wegen Betruges erlassen, wurde rasch auf Mordverdacht erweitert. Im Juli 1992 wurde Hansens Jeep beschlagnahmt. Hansen hatte die Innenausstattung komplett austauschen lassen – angeblich nach einem Anschlag mit Buttersäure. Auch hatte Hansen in einem Baumarkt Geräte erstanden: eine Betonsäge, Plastiksäcke, Arbeitshandschuhe, Hacke und Spaten. Im Februar 1994 begann vor dem Schwurgericht der Prozess gegen Hansen – ein Mordprozess ohne Leiche. Doch zu einem Urteil ist es nie gekommen.

Als der Angeklagte in der Haft massive Depressionen entwickelte, kam er 1996 nach 135 Prozesstagen frei, der Prozess wurde abgebrochen. Laut Arztbericht waren die Depressionen so dauerhaft, dass an einen erneuten Prozess nicht zu denken war. Endgültig eingestellt wurde das Mordverfahren Anfang 2002. Hans Hansen hat sein Schweigen über die Hintergründe und Zusammenhänge im Fall Simon nie gebrochen. Otto-Erich Simon blieb bis heute unauffindbar. Im März 1997 hat ihn das Amtsgericht für tot erklärt. Das Millionenerbe fiel an einen Neffen von der Mosel. 20 Jahre nach dem Verschwinden des Kö-Millionärs Otto-Erich Simon stand der damals Hauptverdächtige Hans Hansen am 28. März 2011 erneut als Angeklagter vor Gericht.

Vor dem Amtsgericht ging es um eine Falschaussage, die er 2007 in einem Zivilprozess zu Gunsten seines Sohnes abgeliefert haben soll. Kopfschüttelnd aber ohne Widerstand ließ sich Hansen dafür zu 1.800 Euro Geldstrafe verurteilen. Sein Verteidiger erklärte: „Sein Zustand hat sich mit den Jahren nicht verbessert, eher verschlechtert. Es geht ihm nicht gut."

Der damals gegen Hansen ermittelnde Staatsanwalt sagte: „Hansen ist laut Gutachten auch künftig für langwierige Strafverfahren nicht verhandlungsfähig." Es ist für einen Laien schwer nachvollziehbar, dass jemand unfähig sein soll, einer Verhandlung wegen Mordes zu folgen, aber fit genug für eine Falschaussage. Auch vor deutschen Gerichten ist schon gegen Angeklagte verhandelt worden, die vielleicht keine acht Stunden einem Prozess folgen konnten, aber eben doch eine Zeitlang. Der Aufwand ist berechtigt: Die Opfer eines Verbrechens und ihre Angehörigen haben ein Recht auf Klärung.

Dass der Tod des Otto-Erich Simon womöglich ungesühnt bleiben wird, ist schwer erträglich, auch für jene, die sich um Klärung bemüht haben. Mit jedem Jahr werden die zusammengetragenen Indizien schwerer beweisbar – was wiederum ein Grund sein soll, keinen Prozess zu führen.

Vielleicht sollte man sich einmal vor die Häuser 76 und 78 der Königsallee stellen und überlegen,

Die Kö mit dem charakteristischen Wassergraben in der Mitte, der ihr zwei zusätzliche Gehwege zum Flanieren verschafft hat ⮝

ob diese Grundstücke einen Mord wert waren.

Die Königsallee – Düsseldorfs Prachtboulevard

Die Allee liegt östlich der Düsseldorfer Altstadt. Sie war bis zur Schleifung der Festungsanlagen 1802 deren Bestandteil. Die hierdurch freigewordenen Flächen wurden als grüner Ring um die Innenstadt gestaltet und schließen sich an die Königsallee an. Die Hausnummern beginnen mit der Zählung im Norden am Hofgarten und enden im Süden an der Luisenstraße. Der letzte Teil wird auch „Kleine Kö" genannt, ist aber durch die stark befahrene Graf-Adolf-Straße von der eigentlichen Königsallee abgetrennt. Der Stadtgraben in der Mitte der Königsallee wird von zwei Brücken überquert, auf denen früher Zollhäuschen waren. Es war die östliche Begrenzung der Stadt. Am Nordende des Stadtgrabens steht der Tritonenbrunnen, 1902 von Friedrich Coubillier geschaffen, ein weithin bekanntes Kö-Denkmal. Frühere Namen der östlich des Grabens gelegenen Straßenführung waren „Neue Allee", „Mittelallee" und „Kastanienallee". Heute steht die weltberühmte Allee für ein äußerst mondänes Lebensgefühl, mit vielen hochklassigen Geschäften und Einkaufszentren auf der Ostseite und Banken und neuerdings auch interessanten Geschäften auf der Westseite. Daneben hat sich die Westseite der Kö zum erstklassigen Hotelstandort entwickelt: mit drei Hotels der Kategorie „Fünf Sterne Superior". Nach wie vor gilt die Königsallee in Düsseldorf als Quartier der Luxusmarken, vermehrt in Form von Edelmarkenketten. In Europa hat sie die zweithöchste Dichte an Filialen von Luxusmarken nach der Londoner New Bond Street.

SÜDLICH DER ALTSTADT

Hier liegen der schicke Medienhafen und ganz im Süden Schloss Benrath. Das Rokokoschloss ist in einer halben Stunde von der Altstadt mit Auto oder S-Bahn zu erreichen. Benrath ist vorgeschlagen, in das Weltkulturerbe der UNESCO aufgenommen zu werden. Der Medienhafen wird von Besuchern aus der ganzen Welt angesehen. Viele bekannte Architekten haben hier ihre Visitenkarte hinterlassen. Außerdem lieben es die Düsseldorfer, in den unterschiedlichen internationalen Restaurants essen zu gehen.

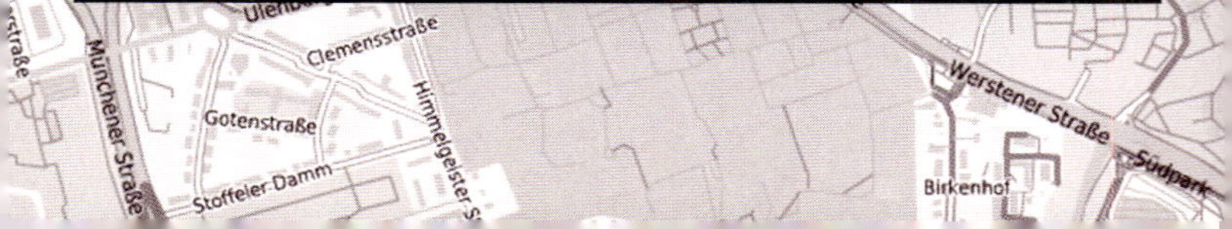

Birkenstraße
Hoffeldstraße
Flingern S
Froschkönig
Hellweg
Flinger Broich
Flinger Broich
Rosmarinstraße
Albertstraße
Kettwiger Straße
Engelbertstraße
Hagebuttenweg
Löwenzahnweg
Höherweg
Gleis 1
Kiefernstraße
Pinienstraße
Erkrather Straße
Tichauer Weg
Fichtenstraße
OBI
Königsberger Straße
Am Bermesnau
Am Karlshof
Sebastiansweg
Kornblumenweg
Monheimstraße
Ronsdorfer Straße
Eglweg
Krokusweg
Memeler Straße
Markenstraße
Heimgarten
Gatherweg
Heerstraße
Lierenfelder Straße
Kölner Straße
Torgauer Straße
Karl-Geusen-Straße
Karl-Geusen-Straße
Lierenfeld
Kuthsweg
Siegburger Straße
Seeheimer Weg
Landauer Weg
Kündgensweg
43
Am Turnisch
Zeppelinstraße
Friedlandstraße
Offenbacher Weg
Schöndorffstraße
Annweilerstraße
Wormser Weg
Edenkobener Weg
Klein-Eller
Obersteiner Weg
44
Gerberstraße
Speyerweg
Sodener Weg
Meisenheimer Weg
Harffstraße
Haigerweg
45
Ziegeleiweg
Kölner Lands
Waldecker Pl
Werstener
Lenneper Straße

42

TOTSCHLAG IM RADISSON BLU

Hammer Straße

Dem Zimmermädchen, das Freitagmorgen am 20. Januar 2012 gegen 9.30 Uhr eine Suite im sechsten Stock des Hotels Radisson Blu an der Hammer Straße im Medienhafen reinigen wollte und die Tür öffnete, bot sich ein Anblick des Grauens. Es fand den leblosen Körper einer Frau, blutüberströmt und nahezu völlig entkleidet. Sie trug nur noch Socken.

Noch am Abend wurde die Leiche obduziert. Laut Staatsanwaltschaft war die Todesursache eine Vielzahl von Messerstichen. Christina B. stammte aus Rumänien. Ihre Mitbewohnerin hatte die 25-Jährige bei der Polizei als vermisst gemeldet. Sie arbeitete für einen Escort-Service. Der Täter war ein Kunde des Opfers, er hatte unter seinem richtigen Namen im Hotel eingecheckt. Er und die Frau wohnten seit dem 18. Januar dort. Laut Polizeibericht kannten sie sich seit Monaten und hatten sich regelmäßig getroffen. Der Täter hatte sich aus Sicht der Richter im Januar als krebskranker Gönner dargestellt, der dem Callgirl 4,5 Millionen Euro hinterlassen wollte. Weiterhin bezeichnete er sich als Menschenfreund und behauptete, eine halbe Million Euro an die rumänische Familie von Christina B. überwiesen zu haben. Tatsächlich hatte er das Geld gar nicht und lediglich eine fingierte Überweisung vorgetäuscht.

Christina B. soll seit geraumer Zeit in Düsseldorf gelebt haben. Ob sie regelmäßig im Radisson Blu verkehrte, war der Polizei nicht bekannt. Kameraaufnahmen im Hotel stützen die Tatsache, dass sie mit ihrem Kunden dort gemeinsam zwei Tage wohnte. Wann der Mann die Suite verließ, lässt sich aber nicht sagen. Auch der genaue Tatzeitpunkt ist unklar, da die Tat von Hotelgästen und Personal in der Nacht zu Freitag nicht bemerkt wurde.

Die Ermittler auf die Spur gebracht hatte die Freundin des Opfers, ebenfalls eine Rumänin. Die beiden wohnten zusammen. Sie meldete sich am Freitag um 21 Uhr auf der Wache und wollte ihre Freundin als vermisst melden. Aufgrund der Personenbeschreibung war schnell klar: Es handelte sich bei der Vermissten um das Opfer. Die Frau und der Mann hatten am Mittwoch in dem Luxushotel eingecheckt und eine Suite im sechsten Stock bezogen. Gebucht waren zwei Nächte. In der Nacht zum Freitag kam es zur Tat. „Wir haben keinerlei Erkenntnisse, ob andere Gäste oder Bedienstete davon etwas mitbekommen haben", sagte der Staatsanwalt. Cristina B. wurde mit mehreren Messerstichen getötet. Das Tatwerkzeug wurde sichergestellt.

Der Täter mit den Initialen „A. D." brachte am Sonntag Dynamik in den Fall. Er hatte sich über einen Anwalt bei der Polizei gemeldet und schickte seine Sicht der Dinge per Mail auch an die Zeitungen. Kernaussage: Er wollte mit Cristina B. nach Rumänien auswandern. Die Tat habe vermutlich ein Russe verübt, den er nach seiner Rückkehr aus dem Wellness-Bereich in der Suite antraf und mit dem er gekämpft habe. Dabei habe er sich Schnittwunden an der Hand zugezogen. Er selbst wolle sich stellen. Die Polizei berichtete hingegen: „Wir haben keine Spuren, die auf einen unbekannten Dritten in der Suite schließen lassen."

„A. D." schrieb, Cristina B. habe sich der Freundin nicht offenbaren wollen. Man habe am Freitag fliegen wollen und sei zwei Tage zuvor ins Hotel gegangen, im Safe habe man 25.000 Euro deponiert. Zum Zeichen ihrer Liebe habe er einen Diamantring gekauft, einen Abend sei man in der Bar „Bei Tino" auf der Kö gewesen.

Das Schwurgericht verurteilte den 41-Jährigen zu zehn Jahren

Haft. In der Hotelsuite habe er vermutlich im Streit heftig und vielfach auf das Callgirl eingestochen. Er habe wohl die Nerven verloren und die Frau getötet, sich in die Türkei abgesetzt und sei nach elf Tagen zurückgekehrt. Er glaubte, dass er mit seiner Tatbeschreibung straffrei bleiben könne. Seine Version eines unbekannten Täters wurde ihm nicht geglaubt.
Es wird empfohlen, sich in die schicke Lobby dieses schönen Designerhotels Radisson Blu zu setzen und einen Kaffee oder ein Glas Wein zu genießen.

Medienhafen

Der Düsseldorfer Hafen hat sich in den vergangenen Jahrzehnten zu einem Aushängeschild der Landeshauptstadt gewandelt. Namhafte Architekten haben hier ihre Visitenkarten hinterlassen. Werbeunternehmen, Beratungs- und Rechtsberatungsbüros sowie Modefirmen haben sich hier niedergelassen. Hotels der Luxusklasse ziehen Kunden aus der Business-Welt an, gehobene Restaurants verwöhnen ihre Kunden. Das Hafenpanorama ist auch abends, wenn die Lichter angehen, für die Besucher ein besonderes Erlebnis. Die Umstrukturierung des Hafens erfolgte auf Beschluss des Stadtrats in den 70er Jahren. Es wurde der Bau des Fernsehturms, des Landtages und WDR-Landesstudios in Angriff genommen. Der ehemalige Zoll- und Handelshafen wurde für die Zukunftsbranchen Medien, Kreativwirtschaft, Informationstechnologien, Kultur und Gastronomie fit gemacht. Die einzigartige Atmosphäre sollte erhalten bleiben, ein mutiges Nebeneinander von Stilen wurde erlaubt. Die aktuellen Zahlen spiegeln den Erfolg des Projekts Medienhafen wider. Seit 1990 wurden 1,2 Milliarden Euro investiert, über 800 Unternehmungen

◄ Der Düsseldorfer Medienhafen

haben sich niedergelassen, die Leerstandsrate der Büros beträgt nur 6 %, die Büromieten haben Innenstadt-Niveau erreicht. Architekten aus aller Welt haben ein sehenswertes Ensemble geschaffen. Das prominenteste Beispiel sind die drei Gebäude des amerikanischen Star-Architekten Frank O. Gehry. Das Stadtbild im Bereich des Medienhafens wird von diesen Gebäuden weit sichtbar geprägt. Die äußere Gestaltung mancher Gebäude ist Schiffen und Kaimauern nachempfunden. Die Fassaden der Gebäude sind mit Materialien versehen, die in Häfen angetroffen werden: Ziegelsteinmauerwerk, Stahlbeton, Stahl und Glas. Einen wunderbaren Überblick über den gesamten Medienhafen erhält man vom Rheinturm, wie der Fernsehturm genannt wird.

An der Nordostseite des Rheinturms ist eine Lichtskulptur des Düsseldorfer Künstlers Horst H. Baumann angebracht, auf der die Uhrzeit von der Altstadt aus abgelesen werden kann. Baumann nennt sein Werk „Lichtzeitpegel". Sie ist laut „Guinness-Buch der Rekorde" die größte dezimale „Zeitskala" der Welt. Am Turmschaft befinden sich 39 übereinander angeordnete Bullaugen-Lampen, sie sind durch rote Flugsicherungsleuchten in drei Gruppen getrennt. Die oberste Gruppe stellt die Stundenanzeige dar, die mittlere die für die Minuten und die untere die für die Sekunden. Nachts wird die Turmspitze angestrahlt.

DIE WITWE RATTE

Am Turnisch

Um Geld ging es bei diesem Mord, der 1909 die Gemüter erregte. Die Ereignisse spielten sich in einer dunklen Nacht ab. Der Landwirt Franz Ratte hatte auf dem Sterbebett seine Haushälterin geehelicht und so zur Alleinerbin gemacht. Das Dienstmädchen war über Nacht reich geworden, hatte große Ländereien sowie ein angebliches Barvermögen von 400.000 Reichsmark geerbt. Ratte hatte Ackerland an die Stadt verkauft, das bebaut werden sollte. Kurze Zeit nach seinem Tod hatte sich die Witwe wieder verlobt. Dies ärgerte natürlich Franz Rattes Sohn Heinrich und seine fünf erwachsenen Geschwister. Als die junge Witwe Ratte sechs Wochen nach dem Tod ihres Mannes mit dem neuen Verlobten im Haus Am Turnisch erschien, wurde sie hinterrücks erschossen.

In der Nähe des Tatorts wurde ein Jagdgewehr gefunden, das zuvor im Zimmer des Landwirts in der ersten Etage an der Wand gehangen hatte. Jedoch wurde in das Haus eingebrochen, und es wurden Blutspuren gefunden. Daraufhin wurde Heinrich Ratte in seiner Wohnung verhaftet. Er galt als arbeitsscheu und jähzornig und soll sich viel von seinem künftigen Erbe versprochen haben. Auch hieß es, er solle einem Freund Geld aus seinem Erbe angeboten haben, falls dieser die „Erbschleicherin", seine Stiefmutter, umbringen würde.

Der Sohn des Landwirts, Heinrich, wurde gemunkelt, habe die 39-Jährige ermordet. Ein Motiv hätte er gehabt. Der angeklagte Stiefsohn Heinrich wurde allerdings später von den Geschworenen freigesprochen. Ihr Spruch lautete: „Nicht schuldig!" Zwar hatte die sterbende Witwe Franz Rattes Sohn der Tat beschuldigt, doch da es bereits dunkel war und der Richter feststellte, die Frau Ratte sei wohl „keine Tugendperle“ gewesen, war man geneigt, Heinrich Rattes Unschuldsbeteuerungen zu glauben, obwohl die Ärzte, die die schwerverletze Frau Ratte unmittelbar nach der Tat gesehen hatten und auch die Polizisten, die Frau Ratte noch lebend angetroffen hatten, beteuerten, dass Frau Ratte erklärt hatte, eben von ihm und keinem anderen angeschossen worden zu sein.

Befragt wurde auch der Verlobte der Frau, August Luis, ein Kölner Ansichtskarten-Händler. Er war ebenso von einem Zeugen verdächtigt worden. Mit ihm hatte die vermögende Witwe eine Reise nach Magdeburg, ihren Geburtsort, unternommen. Luis erklärte, er habe Frau Ratte nicht wegen des Geldes heiraten wollen, sondern er hätte Zuneigung zu ihr gehabt. Jedoch wurde ihm vorgeworfen, dass er in der Tatnacht, als seine Verlobte sterbend in ihrem Haus lag, dabei erwischt worden war, wie er aus ihren Schränken Schmuck und Sparbücher mitgenommen hatte. Hierzu verweigerte er die Aussage, wozu er auch wegen Ermittlungen gegen sich selbst berechtigt war. Hierauf hatte ihn der Vorsitzende Richter hingewiesen.

Mehr als 40 Jahre arbeitete Irmgard Ratte, eine entfernte Verwandte von Heinrich Ratte, in ihrer Kneipe an der Gumbertstraße. Über den Mordfall in ihrer Familie hatte sie erst erfahren, als Gäste an der Theke plauderten. Auch Heinrich Ratte selbst, den sie nur einmal in ihrem Leben gesehen hatte – und da saß er schon als alter Mann im Rollstuhl – hatte nie mehr über den Prozess gesprochen. „Es gab kein Geständnis auf dem Sterbebett“, sagte sie. Als ungeklärt wurde der Mord zu den Akten gelegt. Das Geld des Bauern wurde unter seinen Kindern aufgeteilt.

NACH 35 EHEJAHREN: MORD

Gerberstraße

Es gibt aber auch heute noch Morde, die einem einen Schauer über den Rücken laufen lassen. Am 18. Dezember 2007 wurde Abaz Jagupi, 58 Jahre, zum letzten Mal gesehen. In der Nacht hörten Nachbarn in der Gerberstraße merkwürdige Geräusche. Möbel wurden gerückt, immer wieder lief die Toilettenspülung. Dem Sohn und den beiden Töchtern gab die Mutter, Sefije Jagupi, widersprüchliche Erklärungen für die Abwesenheit des Vaters. Die erwachsenen Kinder wurden skeptisch. Sie wussten, dass die Ehe der Eltern von Hass geprägt war, die Mutter erst wenige Monate zuvor den Vater mit einem Hammer angegriffen hatte. Er hatte jedoch auf eine Anzeige verzichtet. „Sie ist doch meine Frau!", soll er gesagt haben.

Nach 32 Jahren als Busfahrer bei der Rheinbahn ging der bei seinen Kollegen sehr beliebte Jagupi ein Jahr vor der Tat in die Altersteilzeit, jobbte jedoch als Taxifahrer. Seine Kinder und vier Enkel beschrieben ihn als nett und liebevoll. Ende Dezember behauptete die Mutter, der Vater habe eine neue Frau, er sei nach Mazedonien gefahren, um ein Auto zu überführen. Da wurden die Kinder stutzig.

Am 26. Dezember reiste Sefije Jagupi in ihre Heimat Mazedonien. In der elterlichen Wohnung entdeckten die Kinder hinter dem Sofa, das dem Vater als Bett diente, eine frisch gestrichene Wand. Der Teppich roch auffällig nach Chlor. Am Telefon sagte die Mutter: „Euren Vater habe ich durch die Toilette gespült!" Am 2. Januar wurde endlich die Polizei alarmiert. Mit Chemikalien wiesen die Spurensicherer große Mengen Blut unter der frischen Wandfarbe nach.

Jagupis Leichnam wurde nie gefunden, nicht in der Kanalisation, nicht im Müll. Der war jedoch auch längst verbrannt, die mutmaßliche Tat mehr als zwei Wochen her. Per Rechtshilfeersuchen wurden die mazedonischen Behörden eingeschaltet. Dort behauptete Sefije Jagupi, ihr Mann habe sie körperlich und seelisch misshandelt, er sei fremdgegangen, habe sich mit Prostituierten vergnügt. „Nichts davon ist konkret", so die Ermittler in Deutschland.

Sie sind auch sicher, dass Sefije Jagupi in einem anderen Punkt log. Sie bestritt vehement, die Leiche zerstückelt zu haben. Vielmehr habe sie den 100 Kilogramm schweren Mann sich über die Schultern gelegt und durchs Treppenhaus zum Müllcontainer getragen. Sie habe weder die Wand gestrichen noch den Teppich gereinigt, nach dem Mord nur eine halbe Stunde lang saubergemacht. Jedoch laut Polizei sprachen die Spuren eine andere Sprache.

Die Staatsanwaltschaft erließ einen internationalen Haftbefehl gegen Sefije Jagupi, doch die mazedonischen Behörden müssen sie nicht ausliefern.

EFFI BRIEST

Schloss Benrath

Als Basis zur Erstellung von „Effi Briest" hat sich Theodor Fontane an einer wahren Gegebenheit orientiert. Elisabeth Freiin von Plotho wurde 1853 als jüngstes von fünf Kindern des Gutsherrn Felix von Plotho auf Gut Zerben bei Parey an der Elbe geboren. Nach dem Tod des Vaters im Jahre 1864 wuchs „Else", wie sie bald genannt wurde, bis zu ihrem 15. Lebensjahr sehr ungezwungen auf. Als Jugendliche lernte sie Rittmeister Armand Léon von Ardenne (1848–1919) kennen. Elisabeth soll an dem jungen Mann zunächst wenig Interesse bekundet und seinen ersten Heiratsantrag abgewiesen haben.

Ihre indifferente Haltung änderte sich während des Deutsch-Französischen Kriegs, in dessen Verlauf Ardenne verwundet wurde. Else von Plotho und Léon von Ardenne verlobten sich am 7. Februar 1871. Nach zweijähriger Verlobungszeit heirateten die 19-Jährige und der 24-Jährige am 1. Januar 1873. Das Ehepaar zog nach der Verehelichung an das Lützowufer in der Nähe des Berliner Zoologischen Gartens. Im Sommer 1881 ließen sie sich am Rhein nieder, Ardenne wurde zu den Düsseldorfer Husaren versetzt. Sie wohnten im Schloss Benrath.

In Düsseldorf knüpften sie Verbindungen zum Künstlerverein ‚Malkasten', dem auch der Amtsrichter Emil Hartwich (1843–1886) angehörte, der als talentierter Maler galt. Hartwich, dessen Ehe unglücklich verlief, freundete sich mit der zehn Jahre jüngeren Elisabeth an, mit der er viele Gemeinsamkeiten teilte und mit deren Ehemann er eng befreundet war. Sie unterhielten einen intensiven Briefwechsel, der auch dann nicht abbrach, als Ardenne 1884 nach Berlin ins Kriegsministerium versetzt wurde und seine Frau und die beiden Kinder mitnahm.

In Berlin machte Hartwich der Familie gelegentlich seine Aufwartung. Bei einem seiner Besuche im Sommer 1886 – Ardenne befand sich gerade im Manöver – beschlossen Hartwich und Elisabeth, sich von ihren Ehepartnern scheiden zu lassen und zu heiraten. Ardenne wurde mit der Zeit jedoch argwöhnisch und verschaffte sich aus Elisabeths Kassette den Briefwechsel des heimlichen Paars. Ardenne reichte die Scheidung ein und verwendete die Briefe als Indizien.

Er verlangte Satisfaktion von Hartwich und duellierte sich am 27. November 1886 mit ihm, was im Vorfeld von den Zeitungen viel besprochen worden war. Hartwich erlitt schwere Verletzungen und soll seinen ehemaligen Freund noch um Verzeihung gebeten haben. Vier Tage nach dem Duell erlag er seiner Verletzung. Armand von Ardenne wurde zu zwei Jahren Festungshaft verurteilt; später jedoch wurde die Haftzeit auf achtzehn Tage reduziert.

Die Ehe der Ardennes wurde am 15. März 1887 geschieden, die Kinder dem Vater zugesprochen. Elisabeth wandte sich nach der Scheidung der Krankenpflege zu und kümmerte sich um bedürftige und kranke Menschen. Ihr Name wurde, wenn auch nur vorübergehend, aus den Familienbüchern und -chroniken gestrichen. 1904 suchte ihre Tochter Margot als Erste wieder Kontakt zu ihrer Mutter, während Elisabeths Sohn Egmont seiner Mutter erst 1909 wiederbegegnete. So kam es erst nach 20 Jahren zu einem Wiedersehen mit ihren Kindern. Ardenne verstarb 1919 mit 71 Jahren als pensionierter Generalleutnant und Divisionskommandeur in Berlin. Elisabeth von Ardenne starb 1952 im Alter von 98 Jahren in Lindau am Bodensee. Sie erhielt auf dem Südwestkirchhof Stahnsdorf

vor den Toren Berlins südlich des Teltowkanals ein Berliner Ehrengrab.
Elisabeth von Ardenne war die Großmutter des Physikers Manfred von Ardenne, der in den 60er Jahren dem Forscher Hans Werner Seiffert sein Familienarchiv zugänglich machte. So ist im Fall von Effi Briest die Geschichte des literarischen Vorbilds besonders detailreich aufgeklärt worden. Das Schloss Benrath kann man besichtigen und sich dabei vorstellen, wie elegant die Familie von Ardenne hier vor dem großen Skandal gelebt hat.

Schloss Benrath

Das Schloss wurde von 1755 bis 1773 von Nicolas de Pigage im Auftrag von Kurfürst Karl Theodor von der Pfalz erbaut. Das denkmalgeschützte Ensemble von Lustschloss, Park und Weihern gilt als bedeutsamstes architektonisches Gesamtkunstwerk der Stadt. Der Baustil zeigt beispielhaft den Übergang vom Rokoko zum Klassizismus. Nördlich liegt ein künstlich angelegter Schlossweiher. Je zwei Flügelbauten und Torhäuser flankieren den

▲ Auf Schloss Benrath ereignete sich der Ehe-Skandal, der zur Vorlage für Theodor Fontanes „Effi Briest" werden sollte.

Wohnbau. Erstere beherbergen zwei Museen, außerdem finden hier musikalische Veranstaltungen wie die Wandelkonzerte statt. Außer bei Ausstellungen kann das Schloss nur bei Führungen besichtigt werden.

Das Hauptgebäude des Schlosses beherbergt die symmetrisch angelegten Wohnungen des Kurfürstenpaars. Die festliche Eingangshalle und der Kuppelsaal bilden die Mittelachse des Gebäudes. Links und rechts davon schließen sich symmetrisch angelegte Gartensäle, Schlafzimmer, Kabinette, Garderoben, Ordonnanzräume, Toiletten und Bäder an. Die im Inneren gelegenen kleineren Räume erhalten dank zweier Lichthöfe Tageslicht.

Diese Gliederung spiegelt sich auch in der Zweiteilung des Parks wider. Die aus Eingangshalle und Kuppelsaal gebildete Mittelachse wird in Form des südlichen Weihers draußen fortgeführt. Auf der Westseite befindet sich ein englischer Landschaftspark, im Osten ein französischer Barockgarten. Zwischen diesen Gartenteilen liegt um den Spiegelweiher herum der Lustgarten, der der gesellschaftlichen Kurzweil gewidmet war. Die Dekoration des Schlosses greift sowohl innen und auch außen die Natur als Thema auf.

Um Schloss Benrath liegt ein Geheimnis. So schön das Lustschloss des Kurfürsten von der Pfalz auch ist, bleibt es ein Rätsel, warum der kunstsinnige Fürst des Hauses Wittelsbach, 300 Kilometer von seiner Residenz Mannheim entfernt, überhaupt diesen Neubau errichtete.

Keinen Sommer hat der Kurfürst dort verbracht, 15 Jahre stand der außergewöhnliche Schlossbau in der Landschaft, bevor der Fürst sein Schloss einmal in Augenschein nahm – für einen Nachmittag. Das rheinische Sanssouci blieb ein unbewohnter Traum.

ZUR AUTORIN

Anke Pfennig ist Düsseldorferin und lehrt als VHS-Dozentin Englisch, Deutsch und Geschichte. Als qualifizierte und anerkannte Stadtführerin und Autorin eines Buches über Düsseldorf bietet sie seit vielen Jahren mit großem Erfolg Stadtführungen an. Ihr Tourangebot zu den Düsseldorfer Kriminalfällen und anderen Themen ist auf der Internetseite www.duesseldorfer-stadtfuehrung.de zu finden.

Die Autorin dankt den freundlichen MitarbeiterInnen des Düsseldorfer Stadtarchivs für deren Unterstützung.

QUELLEN- UND BILDNACHWEIS

A.Savin/cc-by-sa-3.0 (via Wikimedia Commons): 32, 47, 141
Alice Wiegand (Lyzzy)/cc-by-sa-3.0 (via Wikimedia Commons): 70
Alupus/cc-by-sa-3.0 (via Wikimedia Commons): 55
Anke Pfennig: 45, 67, 114
Bernd Bruns/cc-by-sa-3.0 (via Wikimedia Commons): 62
Brodtcast, Fotolia.de: 118
B. Wylezich, Fotolia.de: 77
Charlie1965nrw/cc-by-sa-3.0-de (via Wikimedia Commons): 13
Danielsp/cc-by-sa-3.0 (via Wikimedia Commons): 103
Erbsensuppe/cc-by-sa-3.0 (via Wikimedia Commons): 17
ErnstPieber, Fotolia.de: 10
Frank Vincentz/cc-by-sa-3.0 (via Wikimedia Commons): 132
Gemeinfrei: 73, 94, 111
Gms/cc-by-sa-3.0 (via Wikimedia Commons): 54
Gordon Bussiek, Fotolia.de: 126
Himmelssturm, Fotolia.de: 86
Johann H. Addicks/cc-by-sa-3.0 (via Wikimedia Commons): 98
Kamahele/cc-by-sa-3.0-de (via Wikimedia Commons): 100
KorayErsin, Fotolia.de: 27, 57
Leonie1234/cc-by-sa-3.0 (via Wikimedia Commons): 29
Noebse/cc-by-sa-3.0 (via Wikimedia Commons): 122
Sandra v. Zezschwitz-Kippar/cc-by-sa-3.0 (via Wikimedia Commons): 24
Wiegels/cc-by-sa-3.0 (via Wikimedia Commons): 22

Kartenmaterial: © OpenStreetMap-Mitwirkende/cc-by-sa